老戴说镜头

红袖谁与摇

一位摄影作家的南行北走笔记

戴占军◎著/摄影

西苑出版社
XIYUAN PUBLISHING HOUSE

图书在版编目（CIP）数据

红袖谁与摇 / 戴占军著 . — 北京：西苑出版社，2013.12

ISBN 978-7-5151-0415-7

Ⅰ . ①红… Ⅱ . ①戴… Ⅲ . ①游记 – 作品集 – 中国 – 当代 Ⅳ . ① I267.4

中国版本图书馆 CIP 数据核字（2013）第 288628 号

红袖谁与摇

作　　者　戴占军
摄　　影　戴占军
责任编辑　李雪松　Email:woyaozhenggao@126.com
出版发行　西苑出版社
通讯地址　北京市朝阳区和平街11区37号楼
邮政编码　100013
电　　话　010-88637122
传　　真　010-88637120
网　　址　www.xiyuanpublishinghouse.com
印　　刷　小森印刷（北京）有限公司
经　　销　全国新华书店
开　　本　787mm × 1092mm　1/16
字　　数　160千字
印　　张　11
版　　次　2014年2月第1版
印　　次　2014年2月第1次印刷
书　　号　ISBN 978-7-5151-0415-7
定　　价　39.80元

序

保持一双好奇的眼睛

司马小萌

我当记者三十多年，经常照片、文字一把抓，自觉玩儿得很“嗨”。没料到有一哥们儿，在这方面比我还要“游刃自如”。此人姓“戴”名“占军”，人称“老戴”。

叫他老戴，实在抬举了他。想当年，我小学都快毕业了，他还在娘胎里翻跟斗哩。如今的他，忽略掉鬓角两撮白毛儿，单看那股风风火火的办事劲头、爽爽朗朗的谈笑风度，就很难与“老”字挂钩。

不叫他老戴，又多少委屈了他。看此君办成了多少事啊：长篇小说两部、长篇报告文学三部，还有诗歌散文集、摄影集、摄影普及专著问世；他编写电视连续剧，演过“男二号”，在电台做节目，还到处授课传经，又玩出点击率超过数十万众的博客，真是精力充沛，劲头十足。作为新闻人，他的本职工作不但没耽误，还“墙里墙外”都吃香。难怪他这个五十岁出头儿的人，在十几年前就拿到了国务院颁发的专家特殊津贴。众所周知，大凡能进入这名单的，都不是一般人，要么有成就，要么有说头儿，要么……

老戴千真万确属于第一种。

也许你会问，此君的冲天干劲从何而来？

我没有认真研究过他，说不清楚。不过，有关此人的一些零星片段，却叫人印象深刻。

例如，他从十几岁起练武术，从不间断，至今一把年纪了，还能站桩走套、散手对搏；

例如，他没有睡午觉的习惯，晚上也是五六个钟头足矣，而且倒下就着，自称睡眠效率极高；

他进藏多次，最长一次不过月余，竟然倒腾出上万张照片、十数万字文章。好像他的手指一直按在快门上，似乎他的脑瓜子始终在忙着撰文、排版。

有句话他说得精彩："我不停地走，不停地看，期待着瞬间的永恒。"

当瞬间真的化为永恒的时候，我们这才领悟到：其实大千世界，什么都可以写，什么都可以拍。我们身边充满素材，一路走来全是体验。你可以写得让人爱读、想读，你可以拍得让人觉得好看、耐看。关键是，你能否看到别人常看却没有看到的东西，写出别人想写却没有写出的文字。

当老戴用他那些"不很专业"的相机拍出许多"相当专业"的照片，结集画册《长旅瞬间》问世，中国摄影家协会主席邵华在她生命的最后时刻还为他作了序；当他出版了一本厚达三百页的摄影专著《你也能成摄影家——用低端数码相机拍出好照片》，把诸多专业知识讲得天花乱坠、头头是道，我等从事摄影多年的资深人士，不禁"瞠目结舌"、肃然起敬。不难看出，这位摄影"票儿友"，早已从照相的初级阶段进化到摄影的高级阶段，从猿到人了。

在今天这本摄影文化随笔《红袖谁与摇》中，老戴继续"发扬光大"着他的码字水平和快门功夫。在散而不松、杂而不乱的叙述中，在图文并茂、有声有色的氛围里，历史与艺术的双重价值得到了完美体现。这是一个童心未泯、时刻准备“踏上快乐和发现之旅”的家伙在身体力行地为大家“抛砖引玉”，并发出“与我同行”的诚挚邀约。

让我们永远保持一双孩子般好奇的眼睛，在兴趣中探索，在探索中兴趣。这样你会发现，生活其实可以很充实。

而且，你也不会老得太快。真的。

2013年12月

自序

从摄影回归文字

五年前，当我出版第一本摄影集《长旅瞬间》的时候，写了一篇文章，题目是《从照相走向摄影》。这篇文章，无涉技法问题，主要谈的是在网络和数码时代，我们手持普通数码相机的人，如何通过理念和意识的创新，玩出“照相”的新感觉，赋予影像语言新的含义，实现摄影创作的目标。

该文后来被多家平面媒体、网络媒体转载，并被摄影爱好者和部分专业人士所认同。

这极大地鼓励了我的积极性，隧在摄影课 PPT 课件的基础上，撰写了一本近 30 万言的摄影普及读物《你也能成摄影家——用低端数码相机拍出好照片》，出版发行后，获得较好的市场反应。

一时间，我俨然成为摄影艺术的行家。

兴奋之余，这着实让我心内打鼓。

这是因为，照相也好，摄影也好，本不是我的专业和全部兴趣所在，不过是“票儿友”的干活。没成想一不留神，竟然挤到了“摄影家”的行列中。

如果放下谦虚，说实在的，我不过是个新闻专业出身的文字匠，摄影只是我的业余爱好，码字才是我独钟之情和兴致所在，并在这一领域确有收获。譬如我已出版的十几本新闻、文学作品，聊可作证。

因此，“摄影家”的头衔，在我既是喜出望外，又深感受之有愧。

由于知道自己吃的是什么饭、能吃什么饭，所以近些年来尽管我在摄影上撞出了彩头，但始终没有也不敢放弃文字的老本行，贴着摄影的话题和经历积累下三四十万文字。心说在文字和摄影两相交叉的边缘游走，也许是一条适合于我的路子。

这样一种心态和抒发胸臆的方式，就是今天这本“摄影文化随笔”得来的主要因由。

收在这本集子中的随笔，是我近年来摄影经历的伴生品，她们不仅记录了我“从照相到摄影”的足迹和心路历程，还让我由此生发的思想感悟，找到了可以寄托的载体。

于是，我这样一个喜欢摄影的新闻人和文字匠，在摄影随笔中战战兢兢地拾回“自信”，重新找到了“不想当将军的士兵不是好厨子”的感觉。

然而，当这些为了更好地表情达意而配上“摄影作品”的文字，即将付梓面世的时候，我却愈发惶恐不安起来。原本的创意是想“借照片点亮文章，从摄影回归文字”，但结果也许是——文、影两无是处，全都耽误了！

如果真是这样一种结果，我还是老老实实做新闻吧，这可是我的饭碗啊。

不过无论如何，我是爬格子出身，并且始终保持了对文字的敬畏和置身其间的激情，所以摄影和文字两择，我似乎对自己的“快门功夫”更心虚，而对“舞文弄墨”的胆量更大一些。

这个胆量，有无知者无畏的成分，也不全然是没边没影的虚妄，好歹是有事实依据的。比如，收在这本集子中的随笔，除了一部分已在报纸、杂志发表外，还有一些篇什曾在我的博客传播。而对这些伴随着相应的照片以博文面目出现的文字，许多网友的反映是：“老戴啊，你的文章似乎比摄影作品更有看头。”

得，这一句话，把我打回原形。不过，就摄影而言，这样的评价虽然让我有些气馁，但就作文而言，却给我增添了不少信心。人是需要鼓励的，甭管他年龄多大，在读者面前，永远都是个需要“表扬”的学生。因此，平面受众和网友们对我文字的过奖之辞，激励我从摄影的“自娱自乐”中走出来，重新审视我这些因摄影而产生的文字，并最终鼓起勇气把她们筛选打包，和盘托出。

毫无疑问，摄影不是技艺，甚至不是一种单纯的艺术，而是一种文化。特别是在数码和网络时代，她既是一种交流的语言工具，更是语义本体所在。一张好的照片，借助网络传播手段，也许胜过传统的“千言万语”。数码技术和网络的功能，使得影像固有的文化张力、信息张力以及艺术张力，得以有效的发挥。不过，无论是“照片”还是“摄影作品”，即使她再完美，也不可能完全替代或超越文字的功能。

这正如我惯常所言：一张好照片，一定是“会说话”的照片。但是，当她言不能尽的时候，我们还能做什么呢？随笔！我找不到比随笔这一文化样式更能帮助照片把话说好、说透、说痛快的介质了。

于是，我这个以文出身的摄影人，从镜头感重新回到文字的海洋里，把我的照片没有能力承载的情感和无法记述的故事，借着随笔的率性、自由和放纵，来尽情发挥了。

最后，要特别感谢两位女性。

一位是西苑出版社的领导、作家刘小晖女士，她对书稿提出了本质性的修改建议，这就是大家将看到的书内近百篇随片拍摄札记“摄影一点通”。采取一片一议的方式，结合具体照片讲解了我的拍摄心得、经验和摄影常用的实操手法。她的建议，使本书多了一项摄影技艺、摄影审美的普及功能。

另一位是著名摄影家、新闻人和作家司马小萌先生，我要对她表示特别的敬意，她在百忙中审读书稿，并给我许多鼓励和支持。我不仅要感谢她为本书作序，更感谢她看透了我的心。

戴占军

2014年1月

目录

CONTENTS

长岛 CHANG DAO

壹

红袖谁与摇

——兰溪烟雨的最后记忆

如何拍出水墨国画的浓淡感

▲ 雨弄青山远

摄影一点通：书法和中国画，讲究用墨浓淡，通过浓重与疏淡的结合，营造空间和意境。这张照片就是借鉴这一方法拍摄的，描绘三月微雨中南方乡间的宁静淡泊。光圈优先，用小光圈（f14）以加强景深，获得较慢快门速度（1/30 秒）虚化雨幕雾气。为了营造空蒙感，进一步淡化远山，按动快门前提高了二级明暗反差，并使用曝光补偿增加了 2/3 级曝光。

从义乌到兰溪，阴沉沉的天空正飘落时有时无的江南雨。

三四月的浙江，总是这样，像我当年写的那句诗：满天缠缠绵绵的忧愁……

兰溪，一个小城市的名字，和溪水与兰花密不可分。

人说兰溪，谓之曰：“溪以兰名，邑以溪名。”说透了“兰溪”这一名称的由来。

兰溪古属越地，秦为会稽郡乌伤县，之后名称和辖属几经变故。但自唐以后，“兰溪”一名渐渐固定下来。这是因为，“县西兰阴山下有溪，崖岸多兰茝，故水名兰溪，县又以水名。”可见，兰溪是因了域内的兰花与溪水，才有了这样一个清雅幽馨的名字。

事实确乎如此。1985年才撤县立市、仅有数万人口的小小兰溪，的确是风景如画、人杰地灵。

她是著名的中国兰花之乡，明代正德皇帝就曾御书“兰荫深处”予以褒赞。如今竖碑处兰花村，已建成旅游景点，为人观瞻。

兰溪的水，多而秀，素有“三江之汇”“六水之腰”“七省通衢”的美誉。婺、衢两江在兰阴山麓汇成兰江，北行至梅城汇入新安江而称富春江；继续向北蜿蜒，至富阳以下，称为钱塘江。水路的便捷，使兰溪成为吴越的一处交通枢纽，经济文化历来发达。如今遗存的古码头和古门楼，让人依稀想见商贾云集、文人唱和的盛况。

一直到改革开放之前，兰溪的经济文化都在省内名列前茅，纺织业和商贸业发达，坊间戏称“小上海”。

好山好水，孕育出高人雅士。唐末五代画僧贯休、宋代名儒金履祥、明代大学问家胡应麟、清代戏剧大师李渔、现代文人曹聚仁、当代国际级摄影大师郎静山等，均出自兰溪。如果这些还嫌不够“八卦”，再说一个这里的家乡人，想必你一定耳熟能详。她就是前代名媛赵绮霞赵四小姐——张学良捧在手掌心上的妙人儿！

扯古援名，拉杂而来的上述这些，本不是我兴趣所在。位于钱塘流域中游、金衢盆地北部边缘的这座小城，与我何干？怎会有探究她的兴趣？

但一次偶然的采访，改变了我和兰溪的关系。那是20多年前的旧事了。

▲ 兰溪地标横山

先看看我和郭成华兄在网间唱和的两首《菩萨蛮》吧。

郭词：

菩萨蛮·忆狂潮

——给戴占军

那年兰水青青色，
满江烟绿雨花落。
来去又匆匆，
谁遗一片情？

春情如雨逝，
已是秋风至。
但忆写狂潮，
银髯猎猎飘！

（20年前与戴占军至兰溪采访，合作有《蓝色狂潮》等文。其时青春鼎盛，意气风发。回首往事，不禁心潮激荡。作于2008年4月。）

戴词：

和郭戍华词（调寄菩萨蛮）

那日那时真情色，
空有痴心怜花落。
去来如风逝，
红袖谁与摇？

叶摇伤雨恨，
花败念阳骄。
最忆兰江畔，
逐浪弄狂飙。

看了这两首词及郭戍华兄的词尾附注，有些事情，想我不用交代，看客已能猜个八九不离十。

总之，20多年前一次赴兰溪的偶然采访，招惹出当年在兰江边送别我们远去的挥手，让这座江南小城，牵连了我此后最好的一段年华。

记得我当年赴兰溪，也是个烟雨迷蒙的暮春，我这次旧地重游，和我在20年间已记不清多少次的往来，似乎也没什么不同。

但其实变化之大，用“物是人非”已不能形容，而是“物人两非”了！

尤其是抛却人的主观因素，客观地阅览眼前的景致，你会发现小城的所谓“清雅幽馨”之美，而今只剩下表象，而全无了当年的韵味。

“韵味”这东西是个很怪的味，你若没有这个修养，没有这个心境，或是没有这个亲身的对比体验经历，是很难品尝出来的。这和用嘴来品尝猪肉、羊肉还是别的什么肉，可是风马牛不相及的两码事。当然说到吃，兰溪有一种摆在街头的“黑鱼煲”“牛杂煲”，辅以家传的调味品和民间小吃，是我尝过的“炊坛极品”中的一种。其味道说辣而不扎口，说甜而不粘舌，说油而不腻喉，兼具南北东西口味之妙，如同这里八卦古村的中庸调和。自然，用品煲的办法，无论如何还是品不出小城韵味之变来的！

简言之，经过20多年的建设发展，兰溪的“小”之美和“雅”之美，已经去了一多半，好像是从一个红衣绿伞、楚楚动人的小女子，长成了拖儿带女、勒腰紧腹的徐娘。只是走到紧靠中洲岛的江边一带，或是来到兰溪的地标横山，再或是驱车到乡下，其“韵味”才像大吃黑鱼煲那样来得有些直接了。

这种变化，让我怅然，一如当年遥看招摇的衣袖，随着渐行渐远的江轮缓缓消逝。不过，想想也不必太过伤感，因为失去了古朴秀雅，换来的是人的丰足富裕。看看架在沿岸上的一座座挖沙铁架吧，随着江岸的千疮百孔，填补出的是一座座飞檐斗拱的南派小别墅。我不知道这种价值转化是否符合经济和社会规律，但看来兰溪人认为是得失两宜的。

▼古寺残荷

类似引发这样感慨的事情，如今在兰溪随处可见。比如山清水秀的兰荫山、白露山等，居然产出水泥，于是挖山不止，兰溪人成了全国最有名气的水泥矿主；再比如，在进城最开阔的一处水面旁，居然有几柱电厂粗大的烟囱拔地而起，烟雾滚滚，工业化味道十足，但怎么看怎么像是几头巨鳄闯进了天鹅湖；又比如兰溪的地标横山上，竖有一塔，白壁灰瓦，远看姿态玲珑，近观古雅大方。但偏偏是离塔身十几米远，建有一高压线铁架与之比肩而立，让人不禁感叹成语“大煞风景”应改为“巨煞风景”！不过，这个叫“能仁”的塔，似乎并不太在意大铁架的存在，依然是秀外慧中、灵验异常——当地人说：原来兰溪总闹水患，但自打某某书记主持修建这座塔后，水龙被镇住，兰溪再没闹过水灾云云。

果真如此，倒是苍生大幸。但无论如何，我，一个旧地重游的观光客，对这“巨煞”之作依然耿耿于怀。

上文说过，兰溪因兰花和溪水而人杰地灵。但不知为何，从经济规划和城市建设上说，好端端的“兰溪风韵”，如今只是“风韵犹存”了。早在明朝就有诗言：“停步湖头问津去，兰溪风物更宜人；驿夫知我南来客，移棹相近瀫水波”。据说那时就有“花舫游船”，但据我观察，如今可游的江段，怕是越来越少了。

其实兰溪人真的是很聪明的，我说的这些，恐怕只是发展中的问题，而且也不是兰溪一地独有的问题。相信精明的兰溪人，会把“兰溪风韵”当成一笔最宝贵的财富吧。

说到兰溪人，是有“人种学”上的优势的。不仅聪慧过人，民风淳朴，而且男性体态高大（比较一般南方人，特别是比较上海人而言），性情直率开朗；女性则阴柔多情，容貌姣好更兼讲究妇道。

据说，这和历史上的人口南北交融大有干系。兰溪在古时属偏远之地，而且水润土沃，北方战乱，北人向南逃难迁徙，驻留在此与当地人融合。比如在琅邪阳都即现今山东沂南出生的诸葛亮，其后裔竟在此处建起了全国最大的“八卦村”，就是一个北人南迁的例证。

“混血”的优势，大家都是知道的。所以兰溪的食品口味也好，人的性情气质、体态容貌也好，兼具南北两利，自是不奇怪的了。于是乎，

▲兰溪城外菜花黄

在兰溪，满街的靓女俊男穿梭往复，真真是一道很养眼的景观。只不过，近年来靓女似乎去了不少，我嘀咕是不是人种退化了？但当地人说：“是靓女们都嫁出去了，兰溪养不住人啊！”此说让我甚是怀疑，这么美的地方，怎么会不养人？但想想名媛赵四小姐的经历，也就不能不感慨此言不虚了。

兰溪的男人说话，粗门大嗓，很像北方人，和我了解的苏杭或上海男人，有很大不同。而兰溪的女子说话，则格外温柔而富于韵律感，让你虽不解其意，但只听声音却径自酥去半边！我曾在当年有诗言：你用我听不懂的吴音越语 / 给我 / 雨打芭蕉的清丽 / 月弄湖水的波光……

不过，这些已成过去时——是说我的诗。而如今的兰溪，伊人如斯，烟雨依旧，让人恍惚间又见衣袂飘飘。

我和郭成华兄认识了二十多年的兰溪，这是我第一次拍摄她，应该也是最后一次吧。

春水斜阳

贰

村殇

光影是手段也是内容

杭州有“人间天堂”的美誉，大都是因为杭州有西子湖那一泓天赐之水。

尤其是杭州人大方、热情，民风淳朴而诚厚，待人全无惺惺作态的小家子气或是为人敬而远之的圆通老辣，把诺大的西湖治理得步步有景、处处怡神，而且是完全开放，不收银两。对比起北京等许多地方，有几株老树或一坑山水的荒沟野壑，当地人就敢筑门断路，大竿子一横，理直气壮地要钱收费，简直有天壤之别。

当下的旅行，门票成了支出大项。而杭州环湖大多数景点免费开放的做法，不仅实惠了当地百姓，也招来了更多的游客，使西湖成为全国最为热络的景点之一。

不过让人头痛的是，游人太多，想把画面拍得有点儿野趣十分困难。加上如今数码大流行，人手一部相机，个个都是“摄影家”，直把玩手艺的专才们逼得快没了饭吃。所以你要想在西湖里淘出点人无我有的玩意来，真真不是件容易事。除了技不如人，这也是我到西湖不下一二十次，却一直没有下工夫拍点像样东西的原因。

这年春天又到杭州。知晓了我这心思的当地记者站站长曹先生说：“我带你去个地方，游客很少去那儿，保准让你找到感觉。”

遂有法云古村之行。

古村离西湖不远，在灵隐寺附近，全无舟车之苦或寻幽踏野的劳顿。沿着曲折平坦的公路，绕过西湖，行不多远，驻车一片茂密的竹林边，对面就是法云村口。据说，这里是杭州历史上最古老的居民聚集区，相传最早的县衙就设在此地。

▲古村无人花自开

粗看起来，这是一处毫不起眼的村落，似乎也没什么特别。但沿着山石铺成的小路，向村内行走不足百米，却让人不知不觉间，就已惊诧于它的别样情韵了。

弯过黄褐色的墙角，在马路的视线之外，与世隔绝之感倏然而至。这百十步的进村路，竟如穿越时空的神奇之旅，恍若一步跌入神仙府邸，让你想起先人误入世外桃源的故事。

上午的光线正好。温暖明媚的阳光，寂寞地逗留在新发的春花嫩叶间，稳稳地铺洒在耸起的屋脊和高低错落的墙沿上，投射出不浓不淡的阴影。日光下的古村，亮而不眩，暗而不冥，光与影呈现出恰到好处的恬淡清雅。

尤其让人惬意的是，村落里空空荡荡，不见一个人影，不仅没有游客，连村民都不知所踪。经曹先生一解释才知道，原来是有关方面把原住民都迁了出去，据说腾空之后加以修缮改造，要在这里搞什么新项目。

这一说，使我原本轻松的心态，笼罩上一层挥之不去的悲凉——一座活着的古村，难道一夜之间，就断绝了绵延数百年的根脉？

▲四口之家空有鱼

摄影一点通：摄影是光影的艺术。就我理解，光影不仅是造型的手段，也是创意灵感的来源和主题内容。比如这张照片中斜侧光下枯枝败叶的造型，特别是投射在墙体上的鱼形阴影，既在平面中创造了立体感，又实现了主题，寄托了情感。所以，在拍摄的旅行中要时刻留意光影的存在，它是美的介质，也是美的内容。

在这样一个原本鸡犬相闻而今却空有鸟语花香的古村，在这样一块人们仿佛羽化而去的遗弃之地，在这样一片山环树绕、光影交织、门荒窗闲的小山洼里，你好像依然能听到女人哝哝、孩童咿咿的山言村语，依然能嗅到新笋翻炒、炊烟袅袅的清香味道。

然而，所有这一切，都只是想象。房前屋后和寥无长物的小院里，唯剩树叶伸展、花蕾开放的清音，给你满耳满目的迷离。

古村的空疏，古村的清寂，营造了追思遐想的空间。尤其是默默面对那些无人清理的枯枝败叶，或是映在墙面窗棂上的树阴花影，你会慢慢产生某种幻觉。仿佛有位粗衫荆履、仗竹而行的长者，牵着你的手，缓缓讲述一个正在逝去的传说……

不远处，灵隐寺的钟声幽幽地飘来，法云古村里弥漫着浓浓的禅意和淡淡的伤感。我脑子空空的，脚步轻轻的，而珍重和忧愁，却郁积在心头，沉重得让我难以承受。

▲叶老春闲人去也

叁

三清雨雾

在雨雾中寻找“三要素”

▲古松山影

“戴老你是大骗子！”

那天，我和一年轻的网友聊天，他（也许是她或它？）突然来了这么一句。

这让我很吃惊，甚至有点儿生气。我不敢说这辈子没讲过一句假话，但骗人的事，却是当真没有做过的，何来“骗”而且“大”甚至“子”？

“你在《闽赣行踪》中说过的，有时间会整理出专题的照片给我们看，可怎么到现在还没动静？”

啊哈，原来是这样。我笑了。

▼ 玉兰沐雨摇山崖

自然，“骗子”一说，是他逗我玩儿的。但他的话，却是实实在在地提醒了我。一、即使是在虚拟空间，说话也是应该算数的，不能信口开河，言而无信；二、确实是我当时主动应承过大家，无论工作多忙，自己答应过的事情，还是要自己办的。

于是，抽空翻出今年春上去闽赣拍的照片，先弄出这组三清山的专题履言。

摄影一点通：在雨雾中拍摄，首要的任务是保护好设备，如果没有专用的防雨罩，塑料袋、雨伞是要随身携带的，以防镜头淋雨、相机进水。拍摄照片时，关键是运用大气透视，拍出雨雾营造的近浓远淡、近实远虚的空间感。其简单办法，是在取景框中寻找到近景、中景、远景三要素，这样就可突破雨雾中“灰蒙蒙一团”的沉闷感，营造出虚空深邃的意境。比如这张照片中，前景树叶，中景玉兰，远景山崖，形成浓淡虚实的相互映衬，创造出较好的影像气氛。

如标题所示，这组照片，全部是在雨雾中拍摄的，因此，三清山的奇峰异壑、危岩绝壁等等，大家怕是看不到了。这对一些朋友们来说，可能有点儿遗憾，其实我又何尝不是如此?

我们去三清山的目的，是访问江西上饶质量技术监督三清山分局。这个局的核心业务工作只有一个——确保旅游索道的安全。自然，采访工作之余，顺访三清山美景，并不为过。因此，动身之前，除了熟悉采访对象的背景，我还把三清山的有关资料大概翻了一下，包括网间的风光摄影作品。

于是，三清山给我定格出这样一幅画面：奇峰怪石、急流飞瀑、空谷密林，集黄山之秀丽、峨嵋之壮观、庐山之灵动、华山之险峻于一体。

然而，采访结束，要登三清山那天，一行人全都傻了眼。

大雨滂沱，雷声隐隐。三清山被雨幕和云雾，围裹得严严实实。垂天蔽地的阴霾笼罩下，山野完全失去了原有面目。雨，一阵密似一阵，不停地倾泻，完全没有放晴的意思。

三清山分局的陈局长，也是个摄影爱好者，一边用手掌搭在额前，遮挡着雨水四下里张望，一边忧心忡忡地说：“山里的天气，就是这个样子，说风就是雨。今天能不能开天，可真不好说了。”

▼ 龙虎殿外雾松寒

“陈局长”这个头衔儿，听起来挺有派头，可要说露了底，你也许会发笑。这个被称作“局”的政府监管机构，加上他，一共就俩人。而全部的办公家当，都装在他的手提袋里，连个固定的办公地点都没有。最难熬的日子是冬季，山上做生意的人都撤了，租住的宿舍里清锅冷灶，冻得浑身哆嗦，有时两三周吃不上一口青菜。就是在这样的艰苦条件下，他们管理着三清山旅游索道的安全，从没出现过任何闪失。

后来，我们依据对陈局长的采访，写了一篇新闻随笔《两个人的三清山》。不过在上版的时候，被生生改成了《为了百姓的安全》，彻底的没了味道，也让我彻底的没了脾气。

甭管文章叫什么吧，这只有两个人的局，确实是把索道管得井井有条，既安全又舒适，你尽可一百个放心。那天，在雨雾弥漫之中，我们跟着陈局长，乘坐着他所监管的那条被称为“游客生命线”的索道，腾云驾雾一般，来到了三清山巅。

雨中的三清山，和我在资料里及网间摄影作品中看到过的，完全不同。简单地说，满眼除了云，就是雾，白茫茫一团，黑漆漆一片，耳边风声雨声交织在一起，山体沟壑在瑟瑟阴冷中，遁于无形。

▼道家仙宫

雾中拍摄，我多少是有点儿经验的，比如我所拍摄的伦敦雾。但这次在三清山拍摄，却与以往大不相同。这里不仅有雾，有云，而且山雨几乎就没停过。大的时候，用“瓢泼”来形容，一点儿也不过分。幸亏有陈局长、市里陪同的干部和我的记者刘伊婷，几个人轮流为我撑伞遮雨，否则，“三清雨雾”是绝然拍不成的。

其实，所谓在伞下拍摄，没有被雨水淋湿的，只有相机而已。而我浑身上下，除了胳肢窝底下，早就没一处干地方了。

身后的双肩背里，几只镜头是用塑料袋包裹严了的，一路上由于风疾雨紧，根本无法拿出来更换。下了山才发现，镜头倒无大碍，但包里的其他物品，全都湿得像在水里泡过，拿起来直流汤。其中随身携带的五千块百元大钞，被雨水泡得粘连成一团，以至于不得不一张张揭开晾晒，在宾馆房间里摊了满床满桌子。从此留下“老地主猫在屋里晒钱”的轶事。

记录这些，是想对本组照片的拍摄背景作个交代。这一交代，并不是为了给这些照片拍摄的不咋地找辙，而是想告诉朋友们，有着“道教第一山”和“三清秀天下”美誉的三清山，在惯常的时候，并不是我镜头中的这个样子。她究竟有怎样的真实面目，我也是懵懵懂懂，浑然不知。雾里看山、雨中拍摄，终究不是个事儿。

不过，有在好天气里到过三清山的朋友，看了我这组白惨惨、黑黢

▲青山细雨

黢的照片说："嗯，雨雾中的三清山，倒是别有滋味。"哈哈，那一定是我"瞎猫撞上死耗子"了！

希望朋友们再去三清山的时候，能赶上好天气。另外，那条瞅着特悬、上下必用的索道，你尽可放心大胆地乘坐，它可是由我们陈局长监管的，倍儿安全！

老木飞珠 摄于九寨树正瀑布

肆

一岛一街一树林

大海拍摄四方法

▲ 午后涠洲岛

受中国海洋摄影协会的邀请，上周，我和几位摄影家、摄影记者去广西北海采风。

离开北京之前，还参加了“文艺宣传队 40 年”的怀旧演出活动，跳的唱的全是“文革”时代的老歌老戏，让人一下子回到了那个激情“乱烧”的年代，同时又有无厘头的隔世之感。一帮五十奔六的老男老女，粉墨登场，蹦蹦跳跳，着实过足了怀旧的瘾。由于我没时间参加事前的排练，所以当年我擅长的“巴彦”“赵晨光”等角色，都让别人抢了去，我只好充当现场摄影师了。

关于这场具有划时代意义的翻版大汇演，以后有机会我再做图片汇报，还是回到正题说北海之行吧。

北海是北部湾畔的一座小城，以号称中国最美海滩——银滩而闻名遐迩。往年我曾多次到北海公干，每行必到银滩，以为北海无非如此，并无多少稀奇之处。谁知听了同行的摄协曹秘、郑副秘、孙主任的介绍，以及接待我等一行的当地干部推介，才知北海除了银滩，好风景还有一大把呢。

▲海天苍茫北部湾

正是靠山吃山、靠海吃海，海洋摄协的客人，自然还是要仰仗海洋部门在地方上行走。接待我们的国家海洋局北海海洋环境监测中心站的领导和同志们，对摄影家们的安排和关照可谓无微不至。我虽不敢称“家”，但滥竽充数，更兼年龄特别是相貌上沾了个“老”字，还是受到了格外的优待。

主人们的热情和尊重，让我等心中都添了一股责任感和工作压力，暗忖应该拍出点像样儿的东西，以不辜负主人的款待。

▲ 金海银滩

摄影一点通：大海美丽，拍好不易。主要原因是大海很空阔，让人拍摄时无从下手。简单而言，拍海的方法可以总结为：第一，选择前景。如这张照片，就是以沙滩上遮阳棚的屋檐茅草作前景的；第二，拍大海面。如本组图片中的《海天苍茫北部湾》，海几乎占满整个画面；第三，拍小海面。如《午后涠洲岛》，天际线以下海面仅占全画的不足1/3；第四，点面结合。如《涠洲岛火山熔岩》中岩石与船的组合。总之，拍海，要特别注意处理好远近、前后、大小、多少、动静等事物的关系。

而对我而言，内心的期待更是多了一层。同行的摄影人中，有中国的风光摄影大师级人物于老师，有当红的潜水摄影大家邱老师，还有某报的摄影新秀甘老师，包括当地摄影联谊会的叶老师等等。有这么多的老师，学习求艺的机会真是难得啊！

事实的确如此。诸位摄影家的敬业精神和精湛技艺，使我获益匪浅。“三人行，必有我师”，何况是浩浩荡荡一行各有专长的老师、朋友们，更让我兴奋而不敢稍有懈怠。

于是，短短几天的行程中，在北部湾区域的各个实拍地，我不仅向协会的领导和各位老师学习了许多技法，探讨了许多业务方面的话题，还把相机快门按得“吱嘎”乱响，几乎冒烟。

在风景地拍片之余，还访问参观了环境监测中心站和下属分站，对北部湾海域和海洋管理部门的工作，有了初步的了解，同时受到海洋知识和海洋意识的教育。

近年来我们常说：“和平崛起的中国要面向海洋、走向海洋。”此行之后才知道，要唤起全民海洋意识的觉醒，国人在思想观念和思维模式上，还要来一场革命才行。在我看来，新近成立的中国海洋摄影协会，在这方面可以大有作为。这也是我们此行闲暇时，经常讨论的一个话题。

此外，大家谈的另一大话题，就是北海适合不适合开辟成海洋摄影基地。对这一问题，总体上说，各位老师都是支持的态度。我想，朋友们看了我这些不成器的照片后，应该也会得出自己的结论的。

就拍摄而言，此行去到的，主要是“一岛一街一树林”。一岛，指的是离北海市一个小时船程的涠洲岛；一街，指的是被市政府保护下来的北海老街；一树林，指的是北海市合浦县境内的红树林。

这三处旅游观光地，一个在海上，一个在陆地，一个在海边。但海洋文化和海的韵味，却是它们共同的气质。我曾到过不少沿海城市或海域，但像北海这样，集海岛、街市、树林于一身的海洋文化带，还真是稀罕得很。

关于此行拍摄，需要做三点特别的交代。

第一，关于涠洲岛

涠洲岛为火山岛，已被命名为火山国家地质公园，是中国在北部湾

▲涠洲岛火山熔岩

最大的岛屿，面积有近 25 平方公里。岛上有十几个自然村落，居住的都是客家人。涠洲岛号称中国第二美丽岛屿，由于尚未充分开发，所以许多地方依然保持着原生状态。而岛上的住民，更是未被商业“毒化”，热情好客，民风淳朴，犹如岛屿周围那一片没有任何污染的海域。

岛上除了风光秀美，好吃的玩家还可以在这里大快朵颐。

提起吃在涠洲，到现在我都流口水！本来，我对吃一向是不大在意的，更兼这些年来我一直干新闻，别的没捞着，还是落了一肚子好下水的，不敢说吃遍天下，也算是吃遍大江南北了。但涠洲岛的吃，其印象依然不可磨灭。就说海鲜吧，岛上带鳍的、带皮的、带壳的、带尖儿带刺儿的等等，统统来自海洋捕捞而非人工养殖，其鲜美让一海之隔的北海陆上自叹弗如。再如岛上产出一种手指长大小的芭蕉，人称“火山蕉”，闻起来清香宜人，咬一口甜中带酸，爽得你胃肠喷张，恨不得连皮吞下！而岛上小餐馆里的鸡肉、猪肉，更有一种非同寻常的异香，让我一下子想起四十多年前在乡下头回入口的大葱猪肉馅儿饺子。

据说，岛上的牲畜，不喂饲料，食物以火山蕉、海生植物、贝壳等为主，自然非苏丹红、瘦肉精等“化学肉”可比。朋友们如果是有机会赴岛上一游，千万别忘了在岛上尝尝原本的鱼肉、鸡肉是个啥滋味。

第一条交代就此打住，否则，我的口水可真要下来了。

▼ 海榄树

第二，要交代的是有关红树林

红树林在外观上并非红色，也不是如人理解的那样是“红木”。它是被当地人称为“海榄”的一种绿叶树木。其主干似榆，其枝丫如枣，叶态仿佛小一号的橡皮树。海榄宜生长在浅海滩涂，据说可以入药。询问当地干部得知，海榄之所以被称为“红树”，是因为割开树皮，会有鲜红的汁液流出，故而得名。本来在北海市的海边，也有海榄生长，但合浦县的红树林，规模更大，特别是还有鹭鸶、海鸥等多种鸟类栖息，因此成为著名的旅游地。只可惜我们是走马观花，不能专心拍鸟，加上我那只200长焦镜头，“打鸟”依然显得力不从心，因此只拍了个大概意思。

▲ 合浦飞鸥

第三，关于人物摄影

我在此行中特别是在老街，抓拍了一组人物照，有些很有趣儿，更直观地反映了北部湾人的生存状态。原打算上传到网间，但考虑到所谓肖像权问题，只好作罢。本来是“创作学习”，再惹官司上身，那可就得不偿失了。

▲ 北海老街的教堂

各位老师们的作品，我还没来得及观赏学习，相信无论是“打鸟”也好，风光也好，水下摄影也好，抑或是老街上的小景等等，都应该是比我的更有看头。而我呈给朋友们的，只能算是聊慰大家对我的期待和错爱。换言之，它们最多只能说是我此行交的学习作业而已。

伍

叫驴入黔记

怎样拍好瀑布

▲ 瀑声如雷起白烟 摄于黄果树

摄影一点通：瀑布跌水，是朋友们喜拍的对象。我的拍摄经验是：一、机位尽量安排在下风，以避免飞飘的水雾打湿镜头和相机；二、必用三脚架，以保证慢速快门的表现力；三、曝光多少的选择，以瀑布的亮度和细节有无为基准，如瀑布不够白亮，应增加曝光，如水流的明暗细节丢失，应减少曝光；四、快门速度控制，是表现力的关键。如果要强调水流的力量感，可用稍快的速度，本张照片快门为1/125秒。如果要表现水流的柔美，可用较慢的速度，对比看《崖上绿木水上楼》那张照片，快门设定为1/4秒。

曾把自己比作尘埃，比作蠢猪，比作一条会思想的狗。这次，我把自己比作一头驴，而且是一头叫驴。

如通常所知的，“能哭的孩子有奶吃”。而能叫的驴子，可就没有这么幸运了。当年，黔无驴，有好事者，船载以入。其结果，这头一鸣骇然的叫驴，还是被老虎生生吃了去。

我就琢磨，如果它一开始不那么兴奋、不那么嚣张，悄没声儿地老实待着，也许不会成为老虎口中餐的。做人，恐怕也是这个理。

可惜的是，道理我虽明白，就是管不住自己。一入贵州，我就进入亢奋状态，尥着蹶子撒欢儿，成了全团的活跃分子之一。现在回想起来，所幸如今的黔地，也是人进兽退，老虎没了踪影，否则，我或许早已成为现代版的“黔之驴”了。

此行让我“很在状态”。这和贵州的山川风物有关，和这个团队的特殊性更有关系。

贵州我曾去过多次，随团旅行也是有的，但这次入黔的团队，说来非同一般。

中央关于人才战略的构想日前发布后，社会上又兴起新一轮尊重知识、尊重人才的浪潮。于是，我这个十年前获得国务院政府特殊津贴的“专家”，又被记了起来，编入了“国家级专家赴贵州考察休假团”，吃住行公家全包，还可以捎上老婆孩子，随队有医生，有专人陪护，享受得不得了！一路上总是乐呵呵的林医生，还真是派上了用场。我在黄果树拍摄时，滑了个跟头，手指、胳膊划破，多亏林医生处置及时，现今已然痊愈。

▲ 天籁之音一水传 摄于响水河

如此的待遇，让以庞院士为首的全团十几位专家，颇为快慰。不仅游览了贵州的大好河山，还考察了两家单位、四座实验室，开了三个座谈会，又到遵义、息烽等地接受了革命传统教育。真是马不停蹄，收获满满。

本来，行前我是憋着半肚子闷气的，但和庞老等专家们在一起，几天下来，就只剩下快乐了。

在专家团里，尽管我年岁比较大，但和各位专家们一比，我唯一的长人之处，就是多吃了几年的干饭。学识不如大家，境界不如大家，就是心态，也不如大家。

行前为啥生气呢？为了评职称的烂事。

我在新闻界，混了已近 30 年。18 年前，被评为副高职称，之后忙于工作，就再没想过职称这码事。但近日听说，职称和退休金是挂钩的，据言副高挂靠正处，正高等同副局，总之是跟着官儿走的，尽管可悲但利益攸关啊。这件事情可了不得！那就报吧。自掏 1000 块“评审费”，经单位人事部门报到“上边”。结果，折腾个溜够，没通过。

▲ 奇光异彩神仙府 摄于天河潭溶洞

▲一塘荷风夕阳残 摄于西江苗寨

落选本不稀奇，我也不是没这个心理准备，评不上的多了，又不是我一个。只是未通过的理由，让人听着一头雾水。“上边”说：“这人哪儿都挺好的，就是新闻不突出。”

这就怪了，我在新闻界近 30 年，25 岁做部门副主任，26 岁做新闻类期刊副主编，到现在的报社当副总编也有 17 年了，吃了半辈子新闻饭，竟然没拉出新闻的屎来？！我所出版的十几本著作，将近半数都是新闻体作品，写过的消息、通讯、特写、言论，主持、策划或参与的新闻改革、版型设计、名牌栏目、重大报道、典型报道、系列报道、连续报道、深度报道、批评报道，签审付印的版面，拍摄发表的新闻照片等等，不计其数，获得的新闻奖状也有厚厚一摞，我竟然“新闻不突出”了。我曾赴新疆报道西部大开发，摔折了胳膊，打着绷带采写了 9 篇报道；还曾只身一人进藏，在高原上行程 5000 多公里，用数万字第一次全面报道了雪域高原的质量工作，这些也全都不做数了。我正是在新闻岗位上因新闻业绩而获得了国务院颁发的政府特殊津贴，不知道这算“突出”还是“不突出”？当然啦，比起那些以身殉职或因公致残的同行，比起那些彪炳史册、笔走春秋的新闻高手或新闻大家，我只能是“人跟人比得死，物跟物比得扔”。但这是评职称，又不是评模范、比生死啊。

“不突出”一说，让我摸不着头脑，不知道该跟谁比，该怎么比，该比什么，才算“突出”了？

但是这半肚子的疑惑与郁闷，在专家团里历经此行之后，全部化于无形！

跟谁比？就跟身边这些专家们比吧，他们的学识，他们的为人，他们的专业精神和社会责任意识等等，哪一项我都跟人家没得比。

回京后我和庞院士等互通短信，说我此行的最大收获，就是结识了各领域的专家们并向他们学习了许多，这是千真万确的实话！

▲ 天生桥下碧水流 摄于大七孔

就举两个例子。一是我们在黔行走期间，舟曲发生了特大泥石流灾害，专家们顿时严肃起来，那几天大家议论最多的，就是这件事。焦急和关切之情，溢于言表。另一件小事也让我肃然起敬。那天到遵义接受革命传统教育，暑热难当，人困马乏。最后来到红军山，要攀登上百级陡峭的台阶才能去到纪念碑下。大家全都走不动了，但年近七十的庞院士，依然坚持登高凭吊，祭奠先烈。攀临纪念碑下，他是我们全团中的唯一。

小事见心态，小事见境界，小事见水平。我目送着庞老登高的背影，自叹弗如。

当然，我也有个别“过人”的地方，尽管这“过人之处”与专业、学识等无关，这就是我的业余爱好——照相，此时派上了用场。我成了专家团的“摄影师”，记录了专家们接受革命传统教育、考察访问并放松于山水间的身影。

和专家们共度七八天的时光，让我心态平和了许多，眼界开阔了许多。似乎知道了“比什么”“怎么比”，也似乎明白了什么才叫“突出”。

和一些大胸襟的人在一起，置身于大境界的自然与社会的环境之中，

▼崖上绿木水上楼 摄于天河潭景区

你才能更多地体味生命的价值和生活的意义，也才能知道自己缺了些什么。这，也是我捉取此行中的100幅照片，并把它们连缀成“诗赋”抒发胸臆的原因。

人生有各种如意或不如意。珍惜如意，看淡不如意，我们也许会为此而活得“突出”起来。当然，面对不平，你可以退守蜗居、放浪山水；也可以不平则鸣、瞎吼乱叫，如同入黔的驴子那般——只要你觉得爽，又有何不可？

不过，“驴一鸣，虎大骇”的事，如今是断然没有的了。今天的老虎，其见识和厉害的程度，可是不比从前啦。

驴终归是驴，尽管它能叫。

陆

第三只眼睛看世博

好眼光、好创意和好手法

▼ “荷”谐 摄于中国馆外

摄影一点通：摄影，眼光和创意第一。这张照片，是把建筑棚顶想象为荷叶，以荷寓意和谐。拍摄时，有意使用了大广角镜头（焦距 16mm），利用“荷叶”的夸张变形增加视觉冲击力。同时，“荷叶”下方的中国馆与可口可乐商店，一起收入画中，并由于广角镜头的作用而产生畸变倾斜。这是有意为之的，是所谓镜头语言的运用，想来读者可以理解其中的寓意。

对我来说，这难度太大或者说是不可能的——用第三只眼睛来看即将结束的上海世博会。

从现实而言，我既非怪物，又非神仙，那第三只眼睛没能生在头上。凡间“开天目”的邪事儿，偶有所闻，但事后证明，全是瞎掰。

从形象的说法而言，我也是做不到的。所谓“第三只眼”，常常是特立独行、真知灼见、打破常规、颠覆传统等等的代名词，在摄影中，往往用来指代独特的视角、创意或独到的技法。显然，这些对我来说，目前还只是一种追求。

我之所以拿这几个字做标题，一来是给自己壮胆，就像走夜路的人吹口哨；二来是故作惊人之语，好为自己的这组照片吆喝几个读者。

可不是吗！世博开园有日子了，现在观众已突破了 7000 万，相机几乎是人手一部，狂拍不止。人声鼎沸之中，就听快门“叽嘎”作响，不绝于耳。内中各路专业人士、资深玩家、拍摄高手等等，更是大有人在。因此，网间世博照片铺天盖地，已涉及浦江两岸偌大园区的每一个角落，怎么单单就你能生出“第三只眼”来看出新名堂？这也是我久久不敢亲近世博的主要原因。

当然，除此之外，还有怕天热、怕人多、怕排队等等。我特别受不了嘈杂之声或久立不动，噪音能让我发疯，站立时间长会让我累倒——我有暗疾，典型性扁平足。

如此前怕狼后怕虎，又听上海坊间流传一句戏言“珍惜生命，远离世博”，因此始终未敢涉足上海滩。

世博会将在10月底结束。离散场还有一个多星期，刚好有个机会去浙江，我终于禁不住诱惑，还是顺道走进了世博园。此行由朋友安排，先到兰溪，后到上海，中间两天意外的插曲是被朋友拐进了雁荡山，结果，又成了马不停蹄之旅。

▲背影 摄于主题馆外

原来以为，10月中下旬，临近世博结束，上海天气凉了，观众也不会太多的。没想到，天气是转凉了，可世博却更热了！上周五我进园的那天，据说参观人数接近百万，而头一天已经达到了创纪录的110万。陪我进园的小霍说：“过去是热门馆才排队，现在是有馆必有人，有人必排队，等候几个小时，在馆内实际能看的时间，也就前拥后挤的一二十分钟。”我心说，这哪是参观游览啊，简直是过水面！

▲破局 摄于法国馆外

摄影一点通：法国馆外墙上挂了一张渔网似的玩意做装饰，虽然有点莫名其妙，但却给创意拍摄提供了素材。在合适的角度下，透过这张网，可以看到广场上竖立的中国国旗，于是有了“破局”这一内蕴国际政治意涵的照片。注意照片中的五星红旗，我没有选择它在飘展开来时拍摄，而是抓拍了旗帜低垂的瞬间，以寄寓“韬光养晦”之意。在构图上，建筑墙体占据画面的一半，把照片左右一分为二。这种均等分割画面的做法，本是构图的大忌，但在本片中，它却是我创意的一部分，先营造画面的均势，再用凸起的旗帜打破画面的均匀呆板，以呼应“破局”的寓意。采用手动对焦，焦点在旗帜上。如果采用自动对焦，电子对焦点会覆盖在前景渔网上，造成不能合焦或焦点错误。

所以大家看我的照片，没有一张来自馆内，也就不奇怪了。我上午10点多进园，晚上7点多出园，扣除吃午饭的时间，在园内也就逗留了将将8个小时。这期间我一个馆都没进，只是因用午餐，进了主题馆大堂二楼的饭店。如果是排队进到馆内看稀罕，我怕是拍不了什么了。

在园内这七八个小时的一通暴走，直把比我年轻十几岁的小霍，累得几乎腿折腰断！而我这扁平足的身子，居然啥事儿没有。你说怪不？

由此你也就可以想见，上海世博，还是大有看头的。即使不进馆，光是看建筑、看园区环境，你也会两眼不够使，恨自己没多生出一只眼来。

▼月亮之上 摄于非洲联合馆外

在一些特殊的时候或特殊的场合，多一只眼睛看事物，还真是大有必要。当然，这只眼睛，未必长在头上，能长在心里，已经很不错了。

不过，对于摄影人来说，你有没有“第三只眼”的本事，还是得拿照片来让读者评价。因此，用了这几个字来做标题，我现在甚至有点后悔甚至后怕起来。

▼ 瞬间 摄于英国馆外

但无论如何，再有几天的时间，世博就歇了，对于7000万之外的朋友们，您就把我的相机镜头权作第三只眼吧！也算是给咱的百年世博做个见证。我估算了一下，这也许是我这辈子能在咱中国地面上看到的唯一一次世博会了，要想再看，只好等下辈子啦。

这，是我抓住“世博尾巴”的最大动机。至于有几只眼，或是都看了些什么，似乎已经不重要了。我去，我看，我拍，我爽——如此足矣。

摄影一点通：在夜色中拍摄建筑，而你的镜头前又全是熙熙攘攘的游客，该怎么办？用慢门“雾化”游人，是个不错的处理方法。这张照片使用三脚架拍摄，快门速度设定为3.2秒，这时镜头前游走的人群，被记录为模糊的雾状，不仅没有干扰画面，反而烘托了气氛。注意天空中的光条，是装饰射灯滑过时留下的轨迹，在光柱进入取景框的瞬间，按下快门获得。

柒

天街——从午后走向夜

日晕之大与月亮之小

▲ 天街过午

齐鲁大地，山海相连，秋色正浓，又赶上共和国 60 年甲子，该是收获满满的时节啊。

事实正是如此。我的心中，以及我肩上二十多斤重的背囊，已然装不下我所收获的感动。

在山东看风景，有“一山、一水、一圣人”之说。一山，指的是五岳之首泰山；一水，赞的是泉城济南；而一圣人，自然尊的是咱们中华文化的代表孔老夫子了。

▲高岩斜照

但是，在丰饶壮阔的齐鲁大地，让人激情迸发的美丽和恢宏，又何止这“三个一”？比如，一山，那沂蒙山就不算山啦？一水，辽阔的大海和北方最大的淡水湖微山湖是不是水？特别是一圣人，那就更不准确了。微子、孟子、墨子等等，同是生于斯或眠于斯的那些圣贤们，又该找谁说理去？

凡此种种，无以尽数。可见，“一山一水一圣人”之说，太过偏颇，不过是说着顺嘴儿而已。

仅以我短短一周的行程而论，所见所闻，已是洋洋大观，而使我不胜其载，绝非这“三个一”可以概括得了的。

我此赴山东的机遇，缘自医疗系统的一个新闻宣传论坛。主办方邀我去济南讲课，遂使我乘机跑了大半个山东，圆了我30年后旧地重游之梦。

这一梦想，和我的人生观，和我对中华文化的热爱，以及我对我的祖国的深深眷恋，有着密切的联系。

我在山东一周，可谓马不停蹄。先在济南授课后，把酒趵突泉边；然后登泰山圆梦，赴汶上拜瞻佛牙，下微山湖弄舟并祭微子墓、张良墓；再转道临沂，上沂蒙山、孟良崮；经青岛、烟台看海；最后以在养马岛上的一场狂拍杀青。其间，灌了一肚子各地方产出的白酒，不算红酒、啤酒、果酒、药酒等等，光白酒总剂量应在五六斤以上。在山东，你自然而然地会有如此的酒胆和酒量！

▼ 夕阳天门外

摄影一点通：不只是太阳，几乎所有照度较强烈的光源，都可以在相机镜头中获得光晕。拍摄的办法是，让相机的焦平面（也可以理解为让相机的镜头），和太阳即光源，呈完全的平行状态，然后转动变焦环改变焦距，在适宜的焦段上，即可获得光晕。实拍时，你可以通过面对光源，上下左右轻微变换相机角度，来寻找并获得所谓“平行状态”。不过，在这个过程中动作一定要迅速，不可让相机久对强光，否则会伤害成像感应器和眼睛。

此外，还做了两件公益事情。一是为北京台开通了有关革命老区的现场连线报道；二是为某工商管理学院的大四同学，做了一场有关新闻出版专业的演讲。弄得孩子们群情激越，我也几度泪湿眼角。

如此大的运动量和情感冲动，其结果是，我把自己生生弄成了瘸子——负重爬泰山十八盘留下的后遗症。坐，坐不下；走，走不动。脚脖子、腿肚子，连胯骨带腰，酸痛难忍，始知岁数不饶人！以至于不得不在此后全程中，只能靠拄着拐棍，拖行于齐鲁大地的秋色之中，其狼狈形状，甚是滑稽。好在有当地的干部、记者、朋友等一路照应，否则真是不堪其旅。直到今天，我才把那枝来自孟良崮的枣木棍珍藏起来。

所谓天街，是在泰山上从南天门到玉皇顶的一段路途。我从中午登山，到南天门驻地已近黄昏，稍事休息后，一路走向玉皇顶拍摄。从日头西斜，到夜色徐来，再到天上星月铺洒，山下灯火燃城（泰安市），真个是一山飞峙，天地同辉！

本来，我是冲着泰山日出，在30年后重登泰山的。却没想到，泰山的落日，也是如此的壮美！

这就是我的泰山啊，这就是我的祖国啊！她的每一时每一刻，都让我深深地爱着。

◀古刹余晖

▼泰安灯火

▲ 岱岳之月

摄影一点通：有人问我："谁是这张照片的主体？"我说："是那弯小小的月亮。"和陪体（山门、树木）比较，月亮确实很渺小，但正是由于它的存在，这张照片才有了主题和灵魂。一张照片，一般而言只能有一个主体，而陪体则可以有一个或多个。主体不是以它在画面中占据的面积多少来确定的，也不能仅仅以视觉位置决定，而是看它有没有或能不能承载主题、传递情感。这张照片，正是以岱岳之月的"小"，来表现岱岳之"大"，从而反映泰山的品格气质。由于以月为主体，曝光量以月牙的清晰呈现为目标，因此山门、树木等陪体显得曝光不足，暗部细节被完全掩盖，这也是"甘蔗没有两头甜"。

捌

日出东方

拍好日出的六项提示

▼ 泰安日出

摄影一点通：拍摄日出，尤其是拍摄缺少云霞陪衬遮掩，且光线强烈的太阳，如果没有附加镜头滤镜，是件比较困难的事情。我的拍摄体会是：一、拍摄动作要快，镜头不可长时间对着太阳，否则可能伤害相机和眼睛；二、由于日出光线强烈，自动对焦功能可能失效，很多情况下需要手动对焦；三、不宜使用自动白平衡，可设定为日光、黄昏、多云等白平衡，或起用白平衡漂移功能，往往能获得更好的色彩效果；四、使用遮光罩，以遮挡杂光，避免耀斑出现在画面中；五、以取景框中的中间亮度事物为测光点，在此曝光数值基础上，增加或减少曝光量，而增减的依据是保证太阳成像轮廓清晰，同时保证画面明亮通透；六、选择好陪体或前景，太阳作为被摄主体，孤零零地单独出现在画面中并没有意义，需摄入陪体告诉读者，这是“哪儿的太阳”。这张照片以泰山地标性景观探海石为陪体，选择风光模式，日光白平衡，快门 1/250 秒，光圈 f11。

在泰山上，接到和我一起“行走天下”的节目主持人牛力兄的电话，问我 10 月 1 日在不在北京，说是当天 7 点到 10 点的“一路畅通”国庆特别节目，需要个嘉宾，他向节目组推荐了我。

十一，在阅兵开始前畅谈祖国的变化和成就，这让我既激动又深感荣幸。更何况，“一路畅通”还是北京交通广播的名牌栏目。我爽快地答应了。

北京十一的头两天，一直为阴霾笼罩。国庆当天能不能放晴，成了我和许多人的心病。但愿天遂人意啊！

为了确保准时直播，节目组住进了交管局直播间附近的宾馆。

我睡不着，躺在床上默念明天节目里要说的数据和资料。窗外，雨声淅沥。

早晨5点多钟起身，急切地拉开窗帘看天气。“哗啦”一声，和煦的霞光，蓦地投进房间，金黄色的，柔软而亮洁，缎子一般。

啊啊，北京十一的早晨，在一场小雨之后，终于云破天开，呈现出秋高气爽的本色。

迎着霞光和晨风，我高兴得笑出了声。

“一路畅通”国庆特别节目的主持人王佳一和顾峰，在圈内很有名头，深受听众喜爱。有了这两位年轻人的感染和带动，我也很快进入了状态。节目，按照事前的设计，顺利地展开。

新中国60年，在我们的讲述中，绵延出一条走向锦绣前程的金光大道，而通过短信平台和听众的热烈互动，更把热爱祖国、歌唱祖国的情绪，一步步推向高潮。特别是通过交管局监控系统传回的天安门地区实时画面，让人有如身临其境，我们播出的声音和语汇，便也就自然而然地鲜亮了许多，更具现场感与亲和力。

▼ 晨光明媚玉皇顶

利用广告播出的间歇，佳一、顾峰抓紧时间，吞咽下节目组工作人员刚买回来的包子。由于播出时间早，大家还都没顾上吃早餐呢。广播人的辛苦，由此可见一斑。

而我什么都不想吃，凝视着监控画面出神。思绪，又回到泰山日出时的那一幕。

我上泰山，是在十一之前了——为了30年前的一个夙愿，为了寻找自己的青春，更是为了在60年国庆到来之际，登高望远，抒发对祖国山河深深的眷恋之情。

在济南就听说许多人都计划在十一当天凌晨，爬山登顶看日出，然后在山上观看阅兵电视转播。可惜我时间不允许，只好提前上山了。

30年前的1979年，我还做学生，去青岛实习，曾顺道登过泰山。

耸峙于齐鲁大地的巍巍泰山，养育了儒家文化，是历代君王封禅之所，更是文人墨客必临之地。泰山之所以被尊为五岳之首，并非因其高大，或是因其险峻，而是因为她所承载的文化，因为历朝历代帝王将相在此祭祀天地的崇高地位。山顶的碧霞祠，有匾额“弘德泽民”。

▼瞻鲁台

泰山并不高，极顶仅1500多米，但由于周围山峦低矮，无与比肩者，因而衬托出其“一览众山小”的恢宏气势。加之登顶东望，脚下铺陈开一望无际的平原，无遮无拦，风物浩渺，是观看日出的绝佳之地。因此，登泰山，凌地之绝顶，看天之晓日，成为人生的一大乐事。

然而，30年前，我第一次登泰山的时候，却没赶上这么好的运气。

那时我还年轻，那时我们的国家还不行。那时，登泰山，是一件苦事。没有景区专用汽车把你送上中天门，也没有缆车把你送上山顶。虽说泰山的妙处，全在一个“爬”字，拾阶而上，迤逦攀缘，看崖下劲松，品岩上石刻，一步一处景，一步一重天。但两腿愈走愈沉，愈走愈酸，却不是人人都能受得了的。

而30年前，我壮得牛犊子一般，几乎是一路小跑从泰山爬上爬下的，全不知“累”是个什么字。

记得当年，我和同学乘火车，从济南去泰山。这在当今一个小时的高速路程，当时竟然走了大半夜。凌晨两点左右，到达泰安火车站，黑黢黢的一间小房子，脏得无处栖身，只好在地上铺了张报纸，半躺半坐忍到天明。出站看泰安城，灰糊糊的，简直就是一座村落，让人有些丧气。而一步步爬到山上，玩到夜来，竟连个住的地方都没有，只好租了件军大衣，坐在门洞里熬过长夜，等待日出。

不想，所有的苦都受了，日出却没有等来。虽说泰山日出非常有名，但在夏秋两季，由于多云多雨，却不是很常见的。

打那以后，我心目中的泰山日出，一搁就是30年，成了心中的一大念想。

这次再到泰山，山上山下变化之大，用吃惊来形容已然不够，简直是让我震撼。

在巍峨葱茏的泰山脚下，泰安古城已经建设成一座富有现代感的花园都市。红墙碧瓦，掩映在绿树鲜花之中，街道宽敞整洁，空气清新宜人，比之省会济南强上百倍。只是在老火车站的附近，那两排种植有年的夹道中国槐，依稀保留了当年的痕迹。改革开放30年中国的巨变，泰安和山东的许多中小城市，个个可作为写照而大书特书。

迎接阳光

种种交通、旅游设施之完备，那就更不用说了，可以把你舒舒服服地送上山顶，完全免除了攀爬之苦。我之所以把自己弄成了瘸子，全是因为不服老，非要负重行走十八盘的结果。这趟爬下来，30 年前年轻时的感觉似乎是找到了，但代价是，此后在山东的行程，拄着拐棍，依然两股颤颤、浑身酸痛。不过，在我看来，放弃缆车的舒适而体验十八盘的曲折、劳苦，是很划得来的。人生在世，那些用艰辛而获取的欢欣与快慰，应该是一笔挺宝贵的财富吧。

在泰山看日出，需要早起。据山上的人说，日出持续的时间，只有短短的一两分钟，观赏也好，拍摄也好，可谓稍纵即逝。而能不能迎来日出，又是可遇不可求的。据说，此前已有连续五六天的时间，早晨的太阳都没在泰山露脸了。

这些说道，弄得我心里慌慌的。当凌晨摸黑走向玉皇顶的时候，我内心依然忐忑不安，生怕这次又是空等一回。

然而，泰山的日出，在 30 年后，没有再辜负我——不，是我没有再辜负她！站在玉皇顶的高岩上，在齐鲁大地的苍茫中，那从遥远的东方喷薄而出的一轮朝阳，那在晨曦和霞光中绵延舒展的崇山峻岭，展现出让我一生难忘的伟大的壮丽！

在太阳升起的那一刻，我周围的人们，不约而同地跳跃欢呼起来。这是对泰山日出的礼赞，更是对祖国山河的礼赞啊……

直播间的监控画面中，国旗护卫队已经整齐地排列开来，等待着 60 年国庆大典的开始。

此刻，阳光明媚，乾坤朗朗。光芒四射的太阳，一如泰山日出，让我从此刻骨铭心。

玖

佛、儒、革命

在明暗的叠压中展现空间层次

我在齐鲁大地上的拖杖之旅，是从泰山十八盘下来之后，一瘸一拐开始的。第一站，是到济宁汶上县的大宝相寺。

汶上有“中国佛都”之称，是我到山东后才知晓的。大宝相寺在宗教界，特别是在大中华文化圈的佛教界，能够拥有显赫的名声，全因20世纪90年代中叶，在这里出土了一颗举世罕有的佛牙舍利。

本来汶上县城内的大宝相寺，只是记载在史料里的遗存，在现实中并无多少稀奇之处。这座据载已有上千年的古刹，早就毁于历代纷争的战火。在重新修复之前，仅存一座被当地人俗称“金阁”的太子灵踪塔，高高地突兀于县城之巅。

1994年，在维修这座砖石结构的宝塔时，工作人员意外发现了塔基下的地宫，并从中发掘出佛牙舍利等稀世珍宝，从而轰动了中国和大半个世界。

▼大宝相寺太子灵踪塔

如果单说佛舍利，并非十分罕见。按照通行的说法，佛祖释迦牟尼涅槃之后，身骨化作八斛四斗舍利，分送古印度各地建塔收藏弘法。以后佛舍利又随着佛教的传播，流转到古印度之外的其他国家。比如，我在陕西扶风法门寺和浙江宁波的阿育王寺，都曾拜瞻过佛舍利。

但是，如果要说到佛牙舍利，那可真是旷世奇尊了！佛教圈内有言：佛牙世间仅存四颗，一颗在天上，一颗在海里，一颗在斯里兰卡，而另一颗，就在咱中国山东汶上的大宝相寺。

所谓天上、海里，那是只可祷祭不可观瞻的，所以这说法的实际意思是：佛祖肉身的两排皓齿，化为舍利后，仅有两颗存在人世（或曰迄今只发现了两颗），其中就有咱“中国佛都”的这一颗。

因此，汶上的“佛都”之称，绝非浪得虚名。

佛牙的来历，更是有根有据，不容置疑。专家学者和佛教界人士，已依典籍、史料，弄清了佛牙迁化到太子灵踪塔的来龙去脉，连接起有文字可考的完整史实链条。

汶上一行，拜谒佛祖之牙，让我深为惊异而内心充满神圣，竟然一时忘却了两腿难耐的酸痛。

我学识浅薄，过去仅仅知道齐鲁乃圣人故里、儒家本源。说起佛教，也只是到过几大名山、几大窟存、几大古刹。竟不知在山东境内，与孔孟诸圣比肩的，还有释迦牟尼的牙舍利以及大法无疆的佛学禅意。

这一惊异让我浮想联翩，竟试图在儒、佛两道之中，寻找哲学意义上的精神契合，或是探索儒学与佛教，何以能在齐鲁这块丰腴的土地上共生共存。

可惜，我乃一介凡夫俗子，说好听点儿是杂家，而非专才，个中玄机奥妙，只好等大家求解了。

说到齐鲁的儒文化，比起佛都、佛牙的历史沉浮，让人们更为熟悉。但“三孔”之乡，早年我曾礼瞻，加之此行我腿脚不便，时间无多，因此只好忍痛割舍，从汶上直奔革命老区微山湖而来。

我对微山湖的向往，来自小说和电影《铁道游击队》。当年，那些在枣庄、济宁一线，飞车斗敌的革命战士，把小日本儿打得魂飞魄散。

在我心目中，游击队员个个都是游仙大侠，身手不凡。尤其是电影中微山湖日落西山的波光苇影，加上小说里男女主人公似有似无的暧昧，益发勾引起我的革命浪漫主义情怀，让我打小就对微山湖，对山东纯朴、淡定的女性，产生了难以言说的期许。以至于在后来的婚恋选择上，过于“山东情结”，从而犯下历史性错误。

总之，这次到山东，革命老区微山湖我是一定要去的——瘸着腿也要去！

▲船近微山岛

真是不去不知道，一去吓一跳。在微山湖半天走“船”观花，不仅找到了老区的感觉，竟然还寻到了儒家的根。这如同去汶上拜佛牙，堪称另一大意外的收获。

微山湖上有座微山岛，面积不大，开车半个小时就能兜一圈儿，岛上有两三处村落，合计常住人口超不过一万。

我们乘上人车混装的轮渡，驶向微山岛。此时已是上午10点左右，大气微茫，阳光刺目，已不是出片子的时候。宽阔的湖面上，波平如镜，一望无际，灰白色的反射光让人晕眩，只有近处的芦苇、鸭子、游船或养殖的网箱，告诉你这不是海而是湖。轮渡的前方，矗立着一座新建的地标建筑，看上去和太子灵踪塔颇有几分相似，让我惶惶然不知是来到了革命根据地还是来到了佛教圣地。真不知在岛上修建这么个玩意儿的人，究竟是咋想的？

据说，有人想在微山岛上搞旅游开发项目，要把整个岛盘下来，把现有村民全部迁出去。但岛上的村民不干，死活都不愿离开岛上的田和岛边的水，弄得开发商干生气没一点儿辙。我到岛上看了环境，心说我要是村民，也不会同意离岛而去的。

微山岛上，除了轮渡码头附近的建筑和那座莫名其妙的塔，基本上保持了农耕、渔作共存的原生状态。田间果木繁茂，秋实累累，鸟声啾啁，间闻鸡鸣犬吠，遥相呼应。而站在高处，从树梢上望去，四外是一片波光潋滟，水面上舟楫点点，苇丛中渔歌阵阵，好一派田园水乡风光。

正当我陶醉其中，带我来的当地干部说："岛上还有两座古坟，不过没啥看头儿，一个是张良墓，另一个是微子墓。"

这一说，让我暗吃一惊。张良是大家都熟悉的了；而大名鼎鼎的微子，竟也安身于这小小的岛屿上，真是让我对这块水上革命根据地，愈发刮目相看了。

微子是殷商纣王的庶兄，名启。因纣王无道，穷奢极欲，微子曾多次进谏，但纣王却听不进去。微子预感到纣王的所作所为必将导致国破家亡，于是出走逃到自己的封地微，即今山西省潞城一带，后又迁徙到现在的山东微山湖。微山湖、微山岛，俱因微子而得名。

而微子与孔丘，干系大焉！如大家所知的，孔丘的先祖是微仲，而微仲的亲哥哥，恰是殷商的忠正耿直之臣——微子启。当年，孔丘的先人，正是跟随其兄长微子启，来到山东的。

如此说来，若非微子迁于微山湖并在后来为周武王所赦免，"复其位如故"，那孔子也好、儒学也好，恐怕不知何为了。

这些情节，使我迫不及待地要去拜谒岛上的微子墓。

▲瞻鲁台

摄影一点通：摄影作为平面造型艺术，是在二维空间通过焦点透视来体现三维空间的立体感。我们人眼，是根据近大远小、近宽远窄、近高远低和“前物遮挡后物”等透视规律，来判断空间关系的。但是，现实中事物是复杂的，光差、色差、面积差、形状差等等，不一而足，如何通过相机的“一点观察”来确认事物的关系？我的经验是：明压暗、暗压明、小遮大、偏求正，等等。即：在事物的对立统一中寻求空间层次和立体感。比如这张照片中，石像与树木的关系，就是“明压暗”；树木与墙体、天空的关系，就是“暗压明”；山门的位置处理，偏居画面右侧，就是“偏求正”，和偏在左边的石像，共同构成画面的稳定协调。特别要注意那个扫地的人物，他是“静中求动”的关键元素，片中对他的位置处理，是典型的“明压暗”，如果他向左或向右多变化一点，都会和明亮的事物（石栏或石雕）形成重叠，其体态的呈现和原有的空间感将大打折扣。

微子墓设在一座小土岗上，并不高大，也无甚奇异之处。由于我腿疼得抬不起来，所以几乎是爬上台阶的，两腿的每一次运动，都让我苦不堪言。这几十步登高，我竟爬出了一身白毛汗。

但是，对微子的崇敬，让我早已顾不得腿脚的不便了。

为人臣，为世事，忠正敢言是本分；言而不进，去而自守，不与无道为伍，亦是中国正直臣文者共同的选择。而微子启，不啻正人君子的鼻祖或楷模。

微子墓之简，确如人所言“没啥看头儿”。但陵墓内的三块碑匾，却不能不看。一是牌楼上的“殷微子墓”，字迹端庄遒劲，据说是汉代说《诗》的大儒匡衡的真迹；二是陵内有一古碑，凿刻“世守遗微”四个大字，让人依稀明白为什么世间都夸山东人正直淳朴了；三是甬道旁竖有一块署名“丰田”的石碑，表达对微子的景仰，一看就知道是日本人的刻存。问后得知，果然如此，是当年来扫荡的日本鬼子头领留下的。

微子之正，竟为我们民族的敌人所慕，实在是很能说明问题了。只可

惜，现今如微子者，又有几多？真真是不堪其虑啊！

之后在山东，我又瘸着两腿，拄杖走访了孟良崮、沂蒙山、临沂等地，接受革命传统教育并喜看老区新变化，所获所感，一发不可收拾。

而今，我看着那些拍回的照片在想，山东人之所以深得国人口碑，山东的百姓之所以无私无悔地养育革命，山东的今天之所以取得日新月异的巨变，是否和这块土地上的文化与精神，和博大执着的佛，和克己复礼的儒，有着千丝万缕的联系呢？

答案，还是各位自己来寻找吧！

▼ 孟良崮战役纪念馆

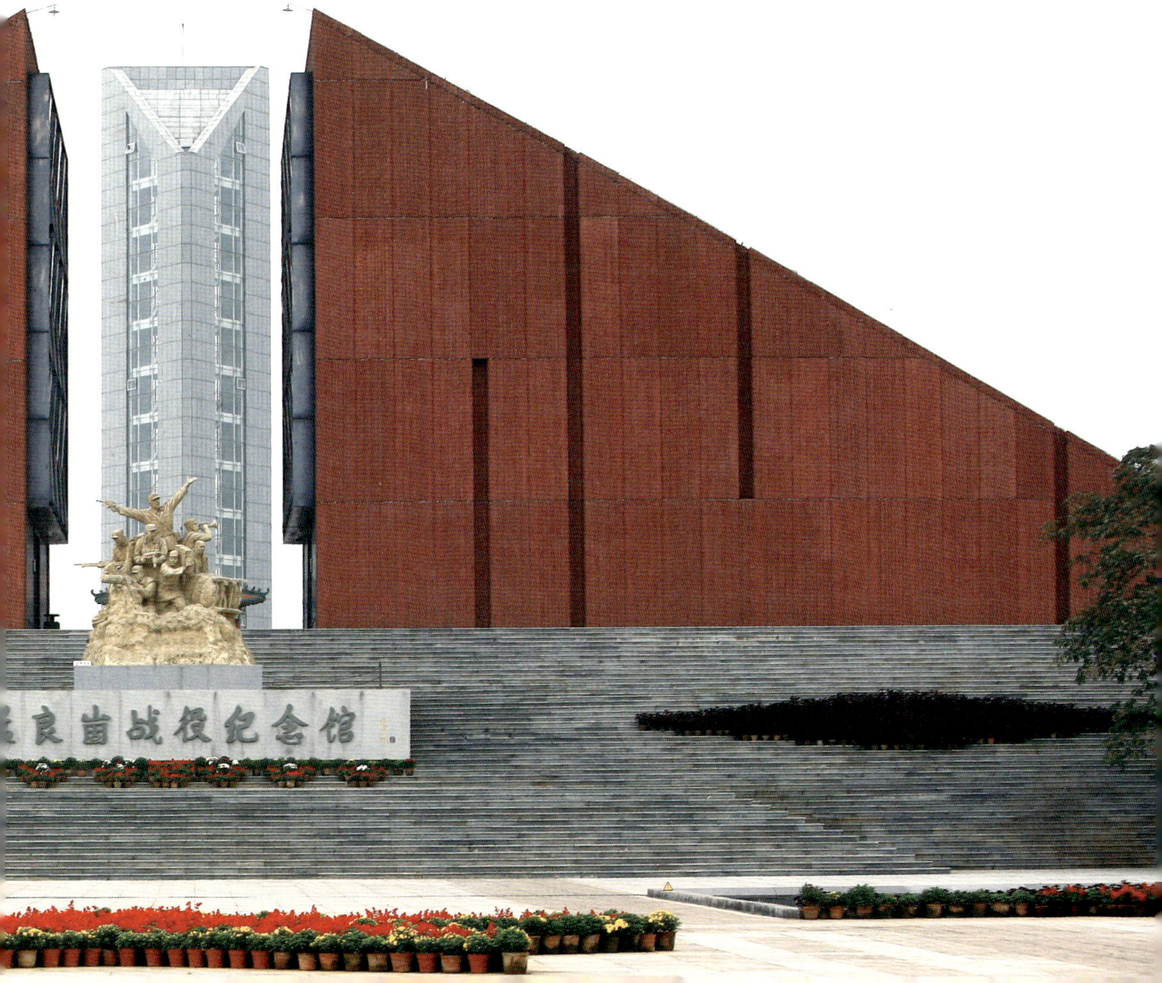

顺便说一句，我从泰山下来后拍的这些照片，由于腿脚不便，兼之每日豪饮两醉，所以完全说不上什么艺术性了。许多镜头，都是在哆哆嗦嗦、迷迷糊糊的状态下拍摄的，就是神仙，恐怕也是炼不出真丹的了。不过，在一种有意识无意识之间拍出的东西，也许更多地保留了事物的原生状态，一如微山岛上的田野和山东人的朴实。

拾

十月一日长山岛

白平衡与色彩基调

这是 2010 年 10 月 1 日的凌晨 4 点 40 分。

被我闹醒的旅馆守夜人，很不情愿地从长沙发上爬起来，为我打开紧锁的大门。

走出旅馆，寒冷的海风裹着涛声扑面而来。我意识到穿少了。但是担心错过日出，我没有返回房间添衣服，而是寻着涛声，一头扎进黎明前的黑暗中。

▲长山岛的黎明

越过一道四五米深、二十几米宽的沟壑，开始攀登旅馆东南角的小山。昨晚我就侦查了地形和方位，据当地干部老傅、老吴说，太阳就从这座小山的那边出来。

在长山岛上迎接中华人民共和国国庆日的朝阳，并非是行前特意设计好的。我从 9 月 25 号离京赴烟台地区，顺道越海去大连，只知行程中由当地朋友安排了海岛游，但要上哪座岛？哪天登岛？岛上都有啥节目？我事先却是懵懵懂懂，一无所知。

此行走下来才知道，敢情长岛和长山岛，是完全不同的两个地方。长岛属山东沿海，毗邻蓬莱；而长山岛属辽宁沿海，毗邻大连皮口镇。两处岛屿一字之差，却远隔上百海里。有幸的是，此行我把长岛和长山岛这两处岛屿，全都走到了，也终于弄明白了两岛的不同。

关于我在胶东半岛的行踪，容后汇报，还是先说我在长山岛上过“十一”吧。

旅馆旁的山，不高，上下垂直约莫百十米，却异常陡峭，加上天黑看不清周边情况，我只能手脚并用，摸索着向上攀爬。好在山顶上有座小屋，窗户透出荧光灯白亮的光芒，好像灯塔一般，这让我在攀爬中有了方向感，也奇怪这户山顶上唯一的人家，怎么会彻夜不眠。

5 点 20 分左右，爬上山顶。

屋里的人大概是听到了动静，厉声喝问：“谁？”

“我。”我赶紧应声。

“做啥的？”

“看景的。”

“你咋上来的？”

问着话，屋里走出一位中年汉子，裹着一件厚厚的棉大衣，浑身烟袋油子味儿。

我扛的三角架，在黑暗中看上去，一定是很像什么武器，他对我依然保持着警惕。我赶紧递上一支烟，如此这般自我介绍。他终于明白了我的来意，面色和声音都放松下来。

聊了我才知道，他是看海的。

我问："你看的海，有多大呀？"

他抬手朝山下挥了大半圈："全是。"

我随着他的手势四下看去，才发现我们所处的位置，简直太棒了！三面环海，水色微茫，海面上养殖场的各个角落，都在眼皮子底下。这所房子，就像居高临下、扼守险要的炮台一般，如果架上我的200长焦，山下三个方位的所有景致，全在"射程"以内。

此时东方天际，已泛起玫瑰红，我赶紧选了一处房屋前较平整的地方，撑开三角架，一边准备拍摄，一边和看海人搭讪。

▲长山岛的晨曦

交谈中我才了解到，海岛周边的海域，全都分割成一块块的，承包给了个人，可谓瓜分一净，不留死角。如果你想找一块属于公共的海面，恐怕是大海捞针了。

包海养殖，利润巨大，当然投资和风险也让老百姓或一般商人难以承受。据说，当年包海，是“打”出来的。承包海面，不像承包土地，可以划界清晰。茫茫大海之上，左邻右舍如何划得明白？于是乎，为相互挤占几米水面，承包人之间经常大动干戈，以船载石，对垒投掷，在海面上追逐缠斗，大打人民战争。据说，伤胳膊断腿、开瓢花脸，甚至弄出人命的事，当年是经常发生的。不过，现在好了——狠的得手了，软的认栽了，海参都涨到两百块钱一只了，大家还打什么架呀，赶紧忙活生意捞钱吧！

我就想，有咱中国人这股子寸土必争、敢打敢拼的劲头，何愁钓鱼岛收不回来？

现在“打仗”的少了，可偷盗养殖海货可不是什么新鲜事。长山岛水域，没有任何工业污染，育出的海产味道鲜美，自然在市场上也是价格不菲。关于长山岛海鲜的滋味，此番不去说它，主要原因是提起来我就流口水，更怕朋友们跟着逗出馋虫来，那可就罪过了。总之长山岛的海货，好吃价硬，是北方海产品中的上品。这便引来不少盗贼光顾，因此看海就很有必要了。

据山上的看海人介绍，他这里四下瞭望，只要山下的水面上一有情况，就通过对讲机呼叫在养殖场驾船巡行的同伴，可以在十分钟内抵达现场，让人惊叹堪比出警的速度。

我问：“都过节了，你也不休息？”

那看海人回道：“俺拿了人家的钱，就得尽这份心啊。过节休不了啦。”

“你给人看海，能挣多少啊？”

他“嘿嘿”憨笑着答：“比过去多多啦……现在日子行了，你没见打仗的也没了吗？钱挣得多，日子过得好，气也就顺啦。”

后来我拍到天色大亮，从山底下爬上来个胖乎乎的年轻人，举止打扮，与那看海的中年汉子明显不同，我猜不是二老板，也是包工头之类。

他对我的70—200mm镜头很感兴趣，问了许多“能看多远”“清不清楚”“卖价多少”等相关问题。

我以为他也爱好摄影，心说遇上了知音，但他一句话让我泄了气：“啊哈，这相机好哇，咱也该买一个架在山上，再有偷海货的，就可以拍下来当证据了！”

我打趣说：“这好办，你雇我吧，留在这儿给你们拍小偷。”

他笑起来：“俺可雇不起。看你老这架势，是搞艺术的吧？”说着，他要求看看我拍的照片。我在显示屏上回放刚刚拍摄的日出，他看了一会儿，点着头说：“啧啧，真的挺漂亮！今天是咱们的国庆节啊，天空和太阳，老鲜亮啊，就是跟旁时不一样呢！”

▼长山岛的朝阳

摄影一点通：这组照片拍摄时，比较注重色调的处理，以期形成视觉感染力。色调概念是由绘画而来，指的是一幅画或一张照片色彩外观上的基本倾向,即总体上的色彩效果。比如，这张照片总体偏黄，《长山岛的晨曦》总体偏红，《长山岛的上午》总体偏蓝等等。一般而言，人们从色彩的明度、纯度、色相、冷暖等方面，来评价一张作品的色调。而本组照片，正是想从色调给人的整体印象上，来表现长山岛几个时辰的特质。在实际拍摄中要把握好色调，除了用光和对现场事物的取舍，要特别注意白平衡的选择和相关操作。本张照片使用了“多云”白平衡，一般而言，这一白平衡模式比“自动”“日光”模式拍出的照片要偏黄。为了进一步突出金黄的暖色调，还使用了白平衡偏移功能。

▼长山岛的上午

我又跟他提起“包海打仗”的事，他笑了，“那都是老黄历啦，现在谁还打仗啊？政府挺支持俺们，从大陆上通来电、通来水，还派专人维护生产治安，真有事的话，拿着证据打官司，谁还打仗啊？”

拍够了，也聊够了，我和两位道别，屁股着地，出溜到山下。

用过早餐后，去渔港、码头等地闲逛，不紧不慢地拍了些海景。下午找了家包海的熟人，乘渔船出海，到他承包的海面垂钓。我们一行六七个人，在大连的宋哥、宋嫂带领下，竟然钓上来五六十斤黑鱼。可惜我贪爱垂钓，又是两手海腥，不便操作相机，没有拍下大鱼出水和活鱼满船乱蹦的镜头。

10 月 1 日这一天，我从凌晨折腾到深夜，大家看照片即可了解相关信息，不用我多费口舌了。

但是说句老实话，照片的“画面美”，并不是我在长山岛上的最大收获。更让我大有感触的，还是在小山上遇到的看海人。因为有了与他们的邂逅，10 月 1 日我在长山岛的经历，才多了些特别的意味。

▲ 碧海弧湾 摄于福建湄洲岛

▲ 北方海色 摄于胶州湾

拾壹

从蓬莱到长岛

处理好前后事物的掩、露关系

▲仙岛之晨

借蓬莱两处著名景观的照片——蓬莱阁、八仙过海口，说说我的旧作《你也能成摄影家——用低端数码相机拍出好照片》，也好沾点儿“仙气”。

读过这本书的朋友，还提出了各种各样的问题。为了加强尚有疑问的朋友们的印象，在此再做如下说明：

第一，书中的这些样片，大都来自最低档的佳能数码单反 350D 和欧林帕斯、佳能等普通卡片机，而且为了说明问题，基本上都是原片印制，不做任何后期处理。这样，读者才便于和自己拍摄的照片做比较，并从中总结规律和经验，甚至从我的不足中寻找到更好的成功之路。摄影是一门实践性很强的艺术，各款相机之间也有不小的差别，要拍出好照片，归根结底，还是要在学习、借鉴的基础上，自己体味、自我总结。特别需要指出的是——摄影，头脑比机器更值钱；眼光比镜头更重要！

▼ 八仙过海口

摄影一点通：在平面中，明暗产生立体感，遮挡产生空间感。所以我们常用前后事物的叠压、掩盖，来表现事物的前后距离和存在状态。然而，叠压什么呈现什么？掩盖什么暴露什么？这和视觉审美、图像构成、主题表达等有关。固定的事物不会自己移动，需要拍摄者通过移动机位、转换视角来改变被摄对象的遮挡关系。比如拍摄这张照片，如果机位向左再平移一点，镜头前的大牌楼立柱则会遮挡桥体、远处的牌楼和楼阁的檐角；如果机位向右再平移一点，牌楼立柱则会遮挡宝塔。而这样的左右机位移动，都会影响这张照片的画面造型美和视觉效果。所以，在拍摄重叠的事物时，要通过机位的调整，来仔细揣摩前后事物的掩、露关系，找到最佳的位置和视角再拍摄。

第二，好机器和“破机器”，拍出的东西当然有所差别。一般而言，从画质上说，卡片机不如单反机，低档机不如专业或准专业机。但是，这不是绝对的，如我已经实践证明的那样，只要我们用心拍摄，充分发掘相机的能力，低档货也一样可以拍出让人欣喜的照片。现在比较普遍的问题是，许多朋友把自己拥有的卡片机或低端单反相机，仅仅当作“傻瓜”来使用，而没有充分开发其功能，这当然会使自己拍出的东西，在表现力上大打折扣。而我的《你也能成摄影家》，正是想教给大家一些方式方法，充分发掘低端机的潜能，并通过提高自己对摄影的认识和相关素养，来弥补设备的不足。

第三，一些朋友对卡片机能否拍出好照片心存疑虑，认为卡片机的表现力，不可能赶上单反机，甚至有位朋友在和我交流中说："卡片对垒单反，那是天方夜谭！"我觉得这一说法过于绝对化了。为了说明问题，我在本组配文照片中，特意选择了使用卡片机拍摄的蓬莱阁风景照，大家可以与其他单反拍摄的照片对比，其实在画质、色彩还原、锐度等方面，是很难区分明显差异的。要特别言明的是，所有照片都是原片，只剪裁、水平调整，其他的一概不动。我的结论是，如果不考虑放大印制或用于印刷，卡片机只要操作得当，其效果不一定明显差于单反机。此外，卡片机还有单反不具备的优势，比如，携带方便，使用随意，可以选择更特殊的角度拍摄，等等。

▲碧海蓝天蓬莱阁（卡片机拍摄）

这组照片对比的目的，就是想改变一些朋友对低端机、卡片机在认识上的偏颇，增强使用这些消费级设备的朋友们的拍摄信心。至于具体方式方法，有意的朋友们可参看我的《你也能成摄影家——用低端数码相机拍出好照片》，或其他同类书籍。我想，摄影大家的经验和总结，应该比我的更有说服力、更有借鉴的价值。

至于蓬莱阁和八仙过海口两处风景，包括蓬莱市、丹崖山等的相关背景，网上铺天盖地，比比皆是，无需我多啰嗦了。

不过要特别提醒的是，如果有朋友走到实地旅游，切不可把八仙过海口那一片新建筑，当成古已有之的蓬莱阁。当地有黑导游蒙人赚钱，对“仙境”也敢偷梁换柱！无论咱相机好坏、技术优劣，拍的对象是啥，还是要心里有谱的好。

▲长岛码头

▲海上落日

去到蓬莱看过仙境，建议你顺访隔海相望的长岛。从蓬莱去长岛，大约四五十分钟的船程，这片海域生态环境保护得很好，水色蓝而透彻，基本上没有污染，也没有海产养殖的拥挤零乱，让你感受海的本来面目。尤其是大海上的落日，因海水和大气的折射作用，竟然呈现出奇异的玫瑰红色，让人惊呼大自然的神奇。

长岛有多处景点，但给人印象最深刻的，还是站在黄海、渤海分界地标建筑下，俯瞰这两片大海相互挤压涌起的白色水线。黄海与渤海，洋流相反，在长岛海域相遇，两相冲顶，鼓动起一线长长的白色浪花。在平静的大海上，这浪花拉出的线条美妙而炫目，同时让你对黄海与渤

海的区隔，有了直观的感受。

老实说，这种感受，是你阅读地理教科书或任何文字都无法比拟的。此时的黄海、渤海，已不再是抽象的地理概念，而是海的气质、海的容貌让你可以感知的造型。

如果说蓬莱仙境，是人工营造出的幻象，那么黄、渤海的分界，则是让你生发无限遐想的大自然的杰作。

▼黄渤海分界线

▲辽河口 摄于辽宁红海滩

▲日光岩远眺 摄于厦门

拾贰

白米斜街旧事

用专业方式操作卡片机

▲淑妃文绣旧居

算是重回故居吧——最近流行故居行。一个偶然的机会，我走进三十年前居住，尔后却一直不敢重回的地方。

信不信由你——我曾和慈禧太后最宠幸的大太监住隔壁；还曾和溥仪的淑妃文绣做邻居；另外，清末洋务运动的领军人物张之洞，和我斜

对门；而正对门的，是明朝就开始并延续至本世纪初的历朝代“特务机关”驻地。当然了，新中国部长级，甚至更高级别官员的宅邸，也曾离我不远，撒泡尿的工夫就到。

这就是北京的白米斜街，我曾经住过的地方。上边所提到的那些历史性人物，都曾在这条小街上宅居，留下深深的烙印；我呢，为能够抚摸这些烙印，近距离地窥看“野史”的鲜活而感怀至深。

白米斜街紧邻现今地安门十字路口，方位上是从东北向西南倾斜，如果掐头去尾，全长不足350米，因此，一度俗称“百米斜街”，意思是这条老街不仅“歪斜”，而且“短小”。

不过，白米斜街却是它正宗的称谓，从明代开始延续到今天。我住在那里的时候，它还被错称“百米”，后来拨乱反正，重归“白米”正宗。据考，西南街口在古时候曾与皇城水路联通，设有卸粮的码头，街口有座寺庙，因之被称为“白米寺”，而街以寺名，“白米斜街”即由此而来。只不过，这座当年的地标建筑，早已不知所踪。

在北京的老街老胡同中，白米斜街原本算不上很有名气，但由于它所处地理位置极好，加上被纳入了“中欧联合老城保护项目”名单，所以近些年，这条斜街的名气，“斜”得有点儿“邪乎”。

它的东北口联通著名的鼓楼大街，向正南越过地安门路口，是景山并可直抵故宫北门；向正北跨过古石桥——半步桥，是鼓楼和钟楼。西南口联通著名的什刹海及平安大道，向正南过马路即是北海后门；向正西百十步左转即是荷花市场以及如今已是名满京师的酒吧街，据说这里不仅古意盎然，而且盛产风流！此外，斜街里还包含了两条分别向北、向南的小巷，一是“白米北巷”，直通什刹海东河沿儿；另一是“乐春坊”，即我曾经居住的地方，曲折通往平安大街道边。

▲淑妃文绣旧居

摄影一点通：本文所配图片，全部来自一款卡片机，全手动拍摄并使用了三脚架。开发卡片机的各种功能，摆脱对“傻瓜”模式的依赖，并采用专业的方式拍摄，卡片机一样可以保障画质。该片在弱光下拍摄，数据设置为：光圈 f5.0，快门 1/60 秒，感光度 ISO400。大部分卡片机合焦及快门响应滞后，因此在抓拍时要有提前预判。此外，高感（感光度高）拍摄时噪点明显，这是卡片机的通病，拍摄时应尽可能把感光度控制在 ISO800 以下。

这斜而短的街，却是四通八达，勾连周边风水宝地，怎能不招人眼目？

不过我认为，对于很多“老北京”而言，关注白米斜街，并非由于它地理位置得天独厚，或是由于它周边在近年的商业开发后出现的繁华与商机，而更多的是由于那些曾住在这里的让人难以忘怀的人物。

大约30年前，我开始生活在这条斜街里，鸡零狗碎地聆听老人们闲聊那些人物的生活片段，想象着他们曾有的显赫、荣华、潦倒、困窘等等，真实和幻象，在脑海中交织，让我对白米斜街包括乐春坊，生发出异常奇妙的感觉——这种感觉，是你不居住其间耳濡目染，就永远也体悟不到的。特别是循着那些历史人物、传奇和事件的脉络，你去梳理现实中左邻右舍的形形色色，就会产生创作的冲动和对艺术典型的整合，那是些“老北京”“新北京”们在新的历史转型期的脸谱和身段儿，他们活灵活现、大模大样，时刻在你眼前晃来晃去，让人头晕眼花而又割舍不下。

我在白米斜街的乐春坊，生活了四五年时间，对历史的追问和对现实的参与，形成了文学意义上的积累。我一直想以此为素材，写一部关于这条斜街的悲喜长篇。在我的意识中，这条三百多米长的“歪筒子街”，融铸了几个民族、数个朝代的兴衰、气质，是一条发掘不完的文化富矿啊。

▼白米斜街乐春坊

可惜，我在乐春坊那间 9 平方米的小屋里，短短几年时间，竟稀里糊涂地演绎了两场鬼愁人骇的婚变，这消耗了我大部分精力并让我变得迟钝起来。而在我强努着完成两部长篇小说，准备动手撰写《白米旧事》的时候，我却因故搬离了乐春坊，从皇城根儿下转投西北市郊，从此，再没有为它提起过笔来。

虽然还是居住在北京，但白米斜街或乐春坊，我却再没走近过，一晃就是二十多年。曾不止一次经过地安门、鼓楼大街、什刹海，但却没有“机会”，或者干脆说是没有勇气进到斜街里去。

是啊，在我年轻的时候，那里留下了我太多的幻想、太多的无奈，这些幻想或无奈，现在看来，或可类比“文绣夜哭”“大太监撞邪”“张之洞暴尸荒野”等等故事，有点儿鬼气森森的了。

直到几天前，七月一日前夕，与此毫无干系的伦敦市政厅驻京办冒将出来。他们邀请我参加在京的一项社交活动，主题是：“庆祝建党九十年，伦敦奥运倒计时”！这样一个听上去怪怪的活动，地点却选得好，就在白米斜街西南口的“什刹海会馆”。

▼斜街西口什刹海

我从北四环打车，沿中轴路南下，经过了二环路边那家我曾供职过的著名的“中央级大报”——当年就是它把白米斜街乐春坊的 9 平米分给我的——右转再左转，挤进钟鼓楼西街。顺着粉刷翻新，虚假得让人恶心的“古建”，转到鼓楼东大街上。带着老北京特有的商业气氛，繁华与杂乱扑面而来，打开车窗，还可以嗅到什刹海的酸腥气味，异样并给人重温旧梦的兴奋。

看看表，离会馆的活动开场还有将近一个小时，我突然做出决定，要走进我二十多年再没有进过的白米斜街。

我让出租车停在街口。

跟我来吧，朋友们，我们从东北口进，从西南口出，边走边看边听些陈年旧事。

哈哈，看来真是人老皮囊厚啊！那些曾经让我不敢走进斜街的东西，无论是曾有的幻想也好，或者无奈也好，统统都不是问题啦！

拾叁

三坊七巷为谁残

感光度的使用原则

▲ 衣锦坊与黄巷

现在你去榕城福州，当地人必谈三坊七巷。

这是一片位于市中心区的古街老宅，占地据说有三四十万平方米，历史可追溯到五代时期。

几年十几年前，我曾多次到福州，当地朋友约我上鼓山、下西湖、

游河口等等，却从没提到过三坊七巷。

这事情有点儿怪。闽人也好，国人也好，随着腰包鼓起来，人们的价值判断似乎也发生了变化。敢情曾经被认为一钱不值的“破街烂房”，其实蕴含着不可再生的文化价值和不可估量的商业利益。

幸亏中国和福州经济发展了，咱中国人明白得还不算太晚，否则，三坊七巷等等，那些历经千百年风雨依然屹立着的历史，会不会在我们这代人手上一夜之间灰飞烟灭？！

行走在三坊七巷的条石路面，我当时就是这样一种心境，既暗自庆幸，又惴惴不安。

这种喜忧参半的复杂心态，绝非装腔作势或者杞人忧天，而是事实可以佐证的。

简单说，所谓“三坊七巷”，现在其实不过是个徒有其名的概念，它早已不是历史原有的面目了。拆旧翻新的冒牌老屋不去说它，最要命的是所谓“三坊七巷”，如今只剩下“两坊五巷”，其中的光禄坊、杨桥巷、吉庇巷，已铲平拆光，完全被巍峨的商住楼、宽阔的大马路所替代。作为“古代城市里坊制度的活化石”，上述一坊两巷，已经彻底死嘁嘁了！

据说，中国改革开放之后，那位著名的爱国华商领袖，买下了这块“老城区”进行房地产开发改造，遂有三坊七巷改“两坊五巷”的杰作。还有人说，幸亏榕城还有明白人，中止了这一房地产改造计划，并为此支付了大笔赔偿，否则恐怕连“两坊五巷”也保不住了。

▲ 老字号

此说不知真假。只是我在听闻的时候，后脊梁“嗖嗖”冒凉气——假设这项伟大的城市改造不中止呢？

从南后街北口，过牌楼一路南行，街两面是用于商贸的冒牌老宅，其间夹杂着数栋大异其趣的真古建遗存，依稀透露五代以来明清建筑文化的风采。尤其是排列在街面两侧的古坊古巷，把现代都市的街道突然变作时光隧道，给人不期而至的隔世之感。

窄巷通幽

摄影一点通：感光度是感光材料的光敏度，是胶片时代的工业标准，被移植到了数码电子感光领域，二者已达到等效的水平。感光度数值越高，对光线越敏感，所以我们在弱光或黑暗的环境中拍摄，都会调高感光度。但问题是，感光度越高，噪点也就越大。因此选择感光度的原则是：在保证清晰成像的前提下，尽可能的使用低感光度拍摄。本张照片由于使用三脚架对准静止物体拍摄，保证了慢门的使用（1.3秒），所以感光度控制在了ISO800。如果是手持拍摄，快门速度将不得不提高到1/30秒以上，那感光度将在ISO5000甚或更高才能满足成像需要。在这种情况下，消费级的数码单反机或卡片机，其画质将大打折扣。

不过，真正保存下来的古老建筑又有多少？每处坊巷都有的在建活动以及随处可见的新建筑，给出了答案。不说“三坊七巷”，就是“两坊五巷”，亦是残缺不全了。

拆了的毁了的，痛悔已无济于事，重要的是我们怎样面对还没被拆的、没被毁的。

譬如社会主义新农村建设，毫无疑问这是利国利民的好事，但是建设新农村，是不是仅仅靠拆旧建新就可以实现？显然不是。特别是中国相当多的乡村建筑，保持着各地特有的文化传承与人文信息，如果不加甄别，统统一拆了之，那么残缺的“三坊七巷”悲剧，就会不断上演，让人悔之不及。

归根结底，新城市也好，新农村也好，是不能割断历史、割断文化而存在的。在历史文化的土壤中新生，它才能存活得更有生命力，更为久远。

残缺的三坊七巷，让人回味历史，同时超越历史。它应该是历史的一本教科书吧？

深巷 摄于兰溪古街

拾肆

惠安“抠”女

“盲拍”的玩法

▲ 看镜头

摄影一点通：这是把相机放在地面采用盲拍方式获得的一张照片。由于拍摄者不需眼窥目镜，所以镜头的角度就更低，视角也就更为特别。盲拍应注意的问题是：第一，光圈要尽可能小、速度要尽可能快，以保证万一焦点不精确或机身晃动时，依然可以获得较清晰的画面；第二，焦距要短一点、像素尺寸要大一点，以便增加所拍照片的视域并确保较高像素，为后期水平调整、画面剪裁留出空间。这张照片快门速度为 1/320 秒，光圈 f10，焦距 30mm，感光度 ISO320。

我国南方较发达地区，有“抠女”一说。究竟是哪个“kou”字，我不太清楚，但大意“找女人混”，应该是不错的。

今年秋上，我去福建公干，顺道拍摄惠安女。回京后，不知怎的，竟想起“抠女”这个词，感觉我在惠安大岞乡半天的拍摄，譬为“抠女”，是再合适不过的了！

你可以想象当时情景：一个乱发蓬松、满面飞汗、眼珠子血红的北佬，抱着台破机器，满街踅摸，撞见个女的，“叼住就不撒嘴”，上下左右，近推远拉，没完没了地拍照，吓得人家以手掩面，快走不迭，甚至撒鸭子就跑。宁静的小渔村，一时炸窝乱营！

上述虽有夸张，但依然属于“报告文学”语体，绝对真实可信。

原来这惠安女集中的崇武、山霞、大小岞等城乡村镇，所有妇女们，全被“打怕了”——被摄影家包括号称的摄影家和各路玩家们的长枪短炮打怕了，个个犹如惊弓之鸟，一见相机，包括卡片机甚至手机，甭管她正做着什么，保准拔腿就跑，跑不了的，一定是以手遮面，或迅即转身，绝不会让你抢镜成功的。

设身处地为人家惠安女想想，其实是可以理解的。你们外来人拿着我们的脸蛋儿寻开心，还美其名曰“搞创作”，可却给我们啥了？！

惠安因惠安女出名，是不争的事实。而惠安女有名气，在一般人看来，首先是由于堪比少数民族一般的靓丽服饰。这服饰特别在哪儿？民间早就有概况，一言以蔽之：“封建头，民主肚，节约衣，浪费裤。”

即：头巾和斗笠、绣帽等，把头部包裹得严严实实，只有面孔，甚至只有两只眼睛裸露在外——封建头；腰肢和肚皮特别是肚脐眼儿，全无寸丝遮挡，让人一览无余，透出万种风情——民主肚；节约衣说的是上装短小贴身，与所谓“小衣”仿佛，把布料节省到家了；而浪费裤，指的是裤腿肥长旷阔，类似当今时髦的“裙裤”，当然也就很废布料了。

不过，惠安女这种极富视觉冲击力的“奇装异服”，却是地地道道的汉族装束，她们自称汉族人，六七百年前从中原（莫非又是河南？）迁徙至此。如果此说是真，足可以证明古代汉人，原本也是很开明、很风流的！

修整渔网

不过对这一说法，我甚为怀疑，他河南人在穿着上真有如此“矛盾统一”的境界？还有另两种说法，我看比较靠谱。

一说：惠安女和古代百越族有关，一是服饰上相像，二是百越以蝴蝶为图腾，而惠安女恰以“蝴蝶型发髻”著称。此外，在惠安域内考古发现了百越遗迹，据此推测，惠安女也许不是纯粹的汉族。

另一说：惠安女的服饰，特别是包头蒙面的装束，很可能是从波斯的伊斯兰学习而来。当年惠安的船队漂洋过海，远赴波斯湾沿岸做生意，可能是受到了波斯文化和伊斯兰文化的影响。

关于惠安女服饰的来龙去脉，尽管说法不一，但对惠安女装束美的评价，却是众口一词，毫无争议。以至于勾引得无数骚人墨客，包括画家、摄影家、行为艺术家等等，纷纷涌入惠安县所在的惠东半岛，采风写生玩漂儿走柳儿，搞得惠安女界鸡犬不宁、民怨沸腾。

除了服饰特殊，惠安女另一出名的地方，就是力气过人、吃苦耐劳。20世纪五十年代的惠安乌潭水库，如今已改名为惠女水库，据说当年就是以惠安妇女为主力，人拉肩扛修建起来的。

关于惠安女力大能干，还有一个现代版的笑话佐证。话说某晚月黑风高，有两个惠安女挑着个偷来的保险柜疾走。被巡逻的联防发现，发声喊，两女惧，撇下担子遁走而去。赶上来的七八个联防队员，全是棒小伙，一起使了几次力，居然抬不起保险柜来。惠安女的“八百斤朝天力”，惊得大家面面相觑。

在我看来，这故事纯粹是好事者瞎编。惠安女有力大能干活不假，但说她力敌张飞、猛过樊哙，还什么“朝天力”云云，简直瞎掰！再说，这故事的情节也经不住推敲，惠安民风淳朴，惠安女心地善良，连小偷小摸都闻所未闻，何况保险柜乎？

听说惠安的婚俗也很有意思，婚后女的不住男家，而是回娘家居住，一年里只有几个节日期间夫妻可以同居。如此这般，直到生出儿女，夫妻方可终日厮守。

当然这全是旧俗，如今的惠安女可不会是如此境遇了。我可以作证，我单位就有个惠安来的女同事，家乡就在惠安崇武古城里，此行实地考察后我可以证明，她的眉眼身手，和土生土长的惠安女毫无二致。可俺单位的惠安女，打成亲到孩子上大学迄今，压根儿就没夫妻两分过。

▲ 休闲的惠安女

如此即可理解，惠安女的种种习俗、传说，大都已被历史的尘埃淹没。如今，传统装束的惠安女，特别是年轻一代的，已经不多见了。比如在崇武城里，从穿着打扮上能让人一眼认出的惠安女，早已绝迹。也正是由于这个原因，我才由当地朋友引路，辗转来到了靠海且相对偏僻的大岞乡。

然而，到了才知道，惠安女是有的，但除了偷拍，你一旦被她发现，会让她十分反感而绝不配合。

此外，这个小渔村或叫小乡镇的另一道"风景"，就是到处都是摄影工作室或自称的"基地"，其主要业务，就是为外来的摄影者提供"惠安女模特”。某“基地”的经营者向我兜售“女模”时如是说：绝对的货真价实，漂亮而且专业，如果您需要，还可以专门为您表演抬石头、织渔网、挑海货等等场面，保准让您满意……

这让我想起百度图片“惠安女”项下搜索所获，你看那照片中的女孩儿们，个顶个的沉鱼落雁、倾国倾城，不仅花枝招展、媚笑撩人，而且个个细皮嫩肉、身段婀娜，就是那出大力、流大汗的劳动场面，女人们依然拿酸拈醋的，特别的好看！

行前我看了网上这些照片，当时心里就犯嘀咕，难道以“特别能吃苦、特别能战斗”而著称的惠安女们，真能臭着美就把大活给干了？！

到了大岞才知道，那些美照，其实大都是影人们花钱租模特“摆”出来的。细腻妖娆的模特们，虽然穿花衣、裹头巾、戴斗笠、挎竹篮，在海边、船头惺惺作态，但究竟是不是惠安女，着实让人生疑。

唠这些闲嗑，当然是和我所拍摄的惠安女有些干系。

我镜头中的女人们，无论年轻的还是年纪大的，无论出游闲逛的还是埋头做活的，虽然衣着没那么鲜亮，面容没那么俏丽，身段没那么优雅，情态没那么诱人，但我敢保证，个个都是名副其实、假一罚十的惠安女人，是在现实中生活着的、未加任何修饰的惠安女人！

我之“抠”，绝不是“找人混混”而已，还是要力争“深入其间”的——走转改嘛。当然啦，半天的时间，也只能走马观花、“抠”到为止了。

关于此篇标题，有几点说明。第一，“抠女”是不是等同于“泡妞”？两者真是同义词吗？我不能确知；第二，“泡妞”是个贬义词吗？我不敢苟同；第三，就算“泡妞”是个贬义词，那它贬的是被泡的妞，还是对妞施以泡的那个人？我看这是个很值得研究的问题；第四，也是最关键的，我在使用“抠女”的“抠”字的时候，是特意地，注意——是特意地加了引号的，以我对汉字的敬畏与谨慎，我想这个引号，绝非可有可无。稍有语文基础的朋友，应该知道这个引号的意图。

缠线线

崇武古城

▲渔港

说白了，我以《惠安“抠”女》为题，绝无半点对惠安女的不敬，如果稍加仔细读我全文的朋友，似乎也不应得出我有贬斥惠安女的意思，老实说，我爱她们还来不及呢！以“抠”入题，不过是“拍摄”之“拍”的借代，卖弄些文趣而已。不成想，却弄巧成拙了。

至于有人斥我“愚昧”“文盲”“傻B”，批我：你以为惠安女就只会打渔啊！“不懂历史文化就不要加入地狱概念”云云。让我益发诚惶诚恐起来。

至于批我“不懂历史文化就不要加入地狱概念”，更让我丈二和尚摸不着头脑！我的《惠安“抠”女》，虽然可能一无是处，但从头到尾，也没“地狱”啥事儿啊？！这回我是真的不懂了，因此更不能“不懂装懂”，为此好生纠结啊！

拾伍

凝碧潭 60 画记

重构被摄对象的明暗关系

也许是由于对色彩比较敏感，我一下子就瞄上了那一小片蓝色水洼。后来得知，它叫凝碧潭，有名有姓的。

凝碧潭是雁荡山的一处小景。小到什么程度？雁荡山号称八大景区、五百处景点，但你数遍这“八大、五百”，却不见凝碧潭三个字。

道理很简单，水面只有几十平米的凝碧潭，小到难以单独作为景点存在，它被纳入了“果盒三景”之中，仅仅是“果盒”这一个完整景点的三分之一而已。“果盒三景”，因近旁山体形似果盒而得名，另外三分之二，分别是果盒桥、果盒岩（又称果盒亭），三景以“果盒”统而论之，淹没在雁荡大小五百景之中。

因此，如果单说凝碧潭，在林林总总的雁荡风光中，它根本排不上号。

▼ 老桥翠色

摄影一点通：这是在阴天的早晨拍摄的照片，在这样的光照环境中，色彩的饱和度高，但明度差，看上去不鲜亮，比较沉默。色彩由饱和度、明度、色相三要素构成，当这三要素在视觉观感上不很理想的时候，可通过结构事物的明暗对比，来活跃画面。比如这张照片中，桥面与树林的明暗比；前景树叶与桥洞的明暗比；前景树叶与后景树林的明暗比等等。为了强化明暗反差，本张照片拍摄时，把相机给定的标准对比度数值调整增加了 2 级。

雁荡山主体处在温州乐清境内，有“古火山立体模型”之称，据考形成于1.2亿年以前。从魏晋南北朝起，雁荡山就因山奇水美而名扬天下，不仅招来骚人墨客，还惹得佛道诸家争相占山霸洞，大兴土木。雁荡山水间，钟鸣鼎沸，香火旺盛，名气愈发了得，竟有“寰中绝胜，海上名山”“东南第一山”等等溢美之称。不过我一直都没闹明白，“寰中”都包括哪儿了；而所谓“海上”，更让我丈二和尚摸不着头脑。

据说，雁荡山一名的由来，乃因山内有湖，湖中生苇，南来北往的大雁喜栖息于此，因而山以雁名。不过雁荡方圆四五百平方公里，山高谷深，我因时间仓促，脚力有限，未及登高深入，因此无法验证这“雁荡”一名的来历。依我行走的经验判断，有湖有苇，兴许不假，但有没有“南来北往的大雁”，可就难说了。

雁荡山很大，景点很多，让初来乍到的人无从抓挠，遂有“三景两绝”的概况提示。此乃纲举目张之意，让你知道在雁荡玩什么最要紧。所谓三景，说的是灵峰、灵岩、大龙湫三大景区；所谓两绝，指的是为当地导游津津乐道的“灵峰夜景”和“灵岩飞渡”。

“三景”是不是八大景区中的代表，我不敢妄加评论；但对“两绝”，却真的是不敢恭维。

先说那“夜景”。夜幕之下，山暗天明，山体在夜空衬托下形成剪影，导游说：“你们看，这像个鹰，那像个佛，还有那边的，像不像一对儿夫妻？”游客们傻傻地跟着喊：“啊啊，真像！”你说这有啥看头？只要你发挥想象力，哪个山头的剪影不能像个什么呀？

再说“飞渡”。据说是当地人在山间采药，慢慢形成了一个传统的表演节目。两山之间，挂一缆绳，当地山民手脚并用，顺着缆绳悬空攀爬，从这座山头爬到那座山头上。老实说，这种“玩命”的表演，我真的是看不出什么好来。

上述这些，并非贬低雁荡山，而是想表达我个人的一个观点。在我看来，雁荡那些夹杂了太多人为要素的观光，未必值得津津乐道，反倒是那些自然纯生的东西，才弥足珍贵。

譬如这不起眼的雁荡小景凝碧潭，虽没有灵峰、灵岩的宏伟奇绝，亦没有飞渡的心惊肉跳，但它的优雅和非同凡响的色彩，它的自然山水与人工建筑的美妙融合，却是雁荡山美的本质所在，可谓小中见大，韵味无穷。

风光在我看来，美在两种。一种是让人张大了嘴巴，“啊啊”感叹；另一种是让人静下心来，细细品味。我更喜欢后者，一如这凝碧潭给我的感觉。

凝碧潭在灵峰景区附近，离山门不远，静静地蜷伏在进山观光道路一侧的山沟里。但由于树木茂密，加上它和四围高大、耸立的山体比较而言，小得可怜，因此一般游客不会注意它的存在。

我在雁荡逗留不到 24 小时，利用一早一晚，两进灵峰景区，其主要目的就是为了亲近不能单独算作一景的凝碧潭。隔着一排树木，依稀可见游人顺山路汹涌，偶有从林间探头探脑观潭者，却很少有人近前或驻足品味。因此网友们在我的镜头中，决然不见游客的踪影，误以为此景游人罕至，其实他们就在林外路上游走，匆匆地赶去看名胜呢。

对于凝碧潭，抑或是“果盒三景”，我此前均毫无概念。行前的知识储备，也全是“三景两绝”之类，完全没想到这小小的一片水面和水面上的那座被称为“果盒”的石桥，竟成我雁荡行的最爱。

潭色

舍人所共求的大壮观而取其微小，这在我，也许是一种人生的态度吧。

一下子就迷上了凝碧潭，首先是由于它的水色。那种异样的蓝，非蓝天、海水可比，随着水的深浅和天光及周边林木的变化，呈现出以蓝为基调的五光十色，让人怀疑它的真实性。开始，我连它的名字都不知道，第二天早晨二次拍它时，下到山沟里，才在一处岩石上发现模糊的石刻“凝碧潭”，始知这半个篮球场大小的蓝水面，非野水荒潭，人家也是有名有姓的！

事后问询当地朋友才得知，凝碧潭在鸣玉溪中，是“果盒三景”之一，说是景也算是景，但在雁荡风光中却不入主流。而潭上的果盒桥，建于20世纪初，80年代重建，说古桥却算不得古，在雁荡的名寺古刹中，排不上号。

关于这片水和这座桥的如斯说道，网络图片可以印证。雁荡山风光照片，画面铺天盖地，但一路看下来，关于这潭这桥，却不过一两张而已，而且完全没有它那特别之蓝的韵味。因此我的这组在凝碧潭近旁及周边山谷拍摄的60幅照片，是目前有关凝碧潭的网络图片的“绝照”。

陪我去雁荡的朋友曾说：“老戴，你这么个玩法，还让不让别人拍啊？”我知道这是恭维我，其实我只是过分迷恋凝碧潭的韵味，拍得数量大、角度多而已，至于好不好，就另当别论了。

拾陆

凤凰是座什么城

建筑夜景的拍摄

▲ 红灯闹市

如果你千里迢迢、寻梦也似，来到你惦记了二十几年的地方，却发现她的模样，完全不是你内心的想象。特别是在夜色降临之时，你所期待之中的幽谧深寂，你所渴望已久的古朴清雅，几乎完全被现代都市的喧嚣所掩盖。商贾盈街，霓虹闪烁，重金属乐声震耳欲聋、挠心裂肺，其情状，堪比北京地坛庙会、三里屯酒吧街和“动批市场”三者的大杂烩！

——如果是这样，你又会怎样？

我这一生，曾经历多次精神打击，而这次凤凰之旅，也是可以称得刻骨铭心的一次“打击”了。

我想，这应该是我从凤凰拍摄回来后，把原片封存在硬盘中较长时间，而一直没有心情去整理它们的主要原因吧。

虽说失望之产生，与被感知的客体有关，但更多的，是感知主体的事儿。即，你自己的期望值，与现实形成巨大反差，因而才有失望这码事。并且，这失望的大小，与那反差的大小，是建立起正比关系的。所以说——正如一位朋友提醒我的那样——你非要玩“失望”，是怨不得别人的，那常常是你自己的错！这个，是要事先说清楚的。

不过，另一个显而易见的道理是，当失望可以被称为“精神打击”，那些仅就视觉而言所谓“纯粹的美”，也许会突然变得暗淡无光呢。

凤凰古城之于我，即是如此。尽管那不是凤凰的错。

凤凰城，应该算是一座什么城？

▼ 子夜桥头

这个本来可以被称为“伪问题”的设问，在我去过凤凰后，却正儿八经地成了一个让我苦恼，苦恼到不敢面对、而又不得不面对的现实问题。毫无疑问的是，仅仅是这样一个想法，在一些人看来，已经是对凤凰大大的不敬了。

所以，我有一种负罪感。

独自隐忍着的对于凤凰的失望，由于缄默和幻灭，让我陷于自责而难以自拔，以致着魔一般，这样自我宽慰：老戴，你在凤凰城曾经的感受，仅仅是错觉而已！

但是，照片并没有骗我。当我翻检凤凰拍摄所得，曾经的一切，重新来过。震耳欲聋的嘈杂，毫不掩饰的物欲，流光溢彩的浮华，所触皆是的交易，以及近乎无法无天的歇斯底里——所有这些，再一次把我包围，让我压抑而烦躁，挣扎却无路可逃。

▼沱江灯火

摄影一点通：快门 0.8 秒，光圈 f5.6，焦距 24mm，感光度 ISO400，使用了三脚架、快门线和反光镜预升功能。拍摄建筑装饰灯构成的夜景，由于光源复杂，因此大多数情况下宜用自动白平衡。此外，曝光理想是关键，要通过光圈、快门、感光度的互易组合，使得高光区亮而不爆，阴影区暗而不沉，表现出灯光下的光影反差和明暗过渡。要特别注意测光方式的选择，对大部分相机来说，如使用自动测光模式或评价测光模式，在相机认可的曝光准确值下，所拍出的照片可能会曝光过度；而在点测光或局部测光模式下，按相机给出的所谓正确值拍摄，所拍出的照片则大都曝光不足。修正的方法，可以按照相机测定的曝光正确值试拍一张，回看后根据情况再对相关曝光数据进行调整修正。

你可以想象一下：围绕着沱江两岸，在不足两平方公里的区域内，像蜂窝一样，聚集了五六千家，甚至有人说是上万家商铺，间有数不胜数的酒吧、迪厅、KTV、咖啡馆等等。夜来，无数的扩音器同时咆哮，叫卖声此起彼伏，加上游客摩肩接踵、人声鼎沸，于是乎，那一趟因为要承载独特的“湘西文化”而力不从心、所谓“清浅”的沱江水，在声嘶力竭的号啕和鬼影憧憧的灯火中，战战兢兢地远去。这无辜的、被人赞美的流水，经了这千余米的辉煌到诡异的岸畔，又突然地跌入死寂般的黑暗之中。

商业的拥挤、鼓噪与商业能量的大爆发，也许是繁荣与进步的表征，但在我的概念里，却不是凤凰应有的属性啊。

不仅如此，那些沿江的商户们，居然在买断了经营权的同时，还垄断了本来属于公众的风景。如果你站在他的地盘上，拍摄江对面的事物，就必须向他支付“取景费”或必须在他那里消费，美其名曰“商业规矩”。由于沿江吊脚楼俱已商业化，所以，你实际上能够踏踏实实免费拍摄的

▲虹桥夜色

地方，并不多。于是，我的照片这回是真的有了“价值”。看着它们，我可以说出，哪张是“两块钱”取的景，哪张是“一瓶酒”换来的“快门权”。

我曾询问当地住户：“如此吵闹，你们怎么生活啊？”

答曰：“到12点，就不吵了。”

我惊异于凤凰人的耐性，又闻言：“老人和小娃，怕吵的，都搬走了。再说，对岸不吵。”

说的是呢，沱江对岸，经古城门，沿石板路进到古街深处，灯火辉煌突然换作昏光暗影。“静”，像一个巨大的怪物，“嗷”的一声扑到你身上，给你另一种错愕与惊骇。本来，领略凤凰的古韵，或是品味凤凰的“小而美”，深巷夜色应该是最有魅力的。然而，由喧嚣之中，蓦地投入寂静，这强烈的反差，从感觉器官的跌宕迅速蔓延到精神的分裂，是能够让人崩溃的。

冰火两重，魑魅魍魉，这样的词汇，在我脑海升腾，想按都按不住。

老实说，如果有人骂我“泼脏”凤凰，我也许是应该领受这一骂名的吧，毕竟有那么多的人，喜欢现下这个凤凰。但是，“泼脏”也好，“失望”也好，却是不能完全怨我的。这座地处湘西，始建于康熙年间，已有三百多年历史的古城，她的所谓应有形象，在我心中，原本已有了定式，深深地扎了根的。

这定式来自于沈从文、黄永玉这些大师的笔下，来自路易·艾黎“中国最美小城”的赞叹，来自无数经历者让人心旌摇摇、神之往之的记述。

▼塔玲珑

你听这段:“古城风景秀丽,历史悠久,名胜古迹甚多。城内石板小街,古代城楼,明清古院;城外沱江蜿蜒,河水清冽,浆声舟影,山歌互答,好一派宁静安详的小城风光。”

▲凤凰月色

当代游人所说的“宁静安详”,更有沈老《边城》一尘不染、古朴素净的爱情故事作底蕴,如何不让我生出菩提之心?

二十多年来,我一直期待着有这样一天——闲坐吊脚楼下的青石上,两只赤裸的脚戏弄着沱江的清流,沐浴着树梢上的月色,等待着遥远而

▲ 鼓楼灯韵

缠绵的山歌响起，想象沈老所描绘的“在睡梦里为歌声把灵魂轻轻浮起”的情致……

哦哦，这是本来的凤凰城啊，这是我要来探访的凤凰城啊，她的“渔火窗灯”，如何换作了漫天缭乱的霓虹？

呜呼！这座“古城”，这座“边城”，这座“小而美之城”，如今我却不知如何谓语！

让人失望的，不是我们失去了什么，而是——我们不知道失去了什么。

可要说呢凤凰的夜，并非凤凰的全部，正如夜凤凰的喧嚣，不是凤凰之夜的全部一样。不管是“认同”还是“无意”，看凤凰，了解凤凰，就不能只当夜猫子，白天还是要出来转转的。

老实说，尽管夜凤凰被许多人津津乐道，但我更喜欢白日里的凤凰古城。白天，在阳光下，那些为黑暗所隐藏，为灯火所掩饰的真实，清晰地呈现在人们面前，鲜活得好像刚刚从水里捞上来的鱼，活蹦乱跳的。这让我很踏实，不似夜凤凰那般百爪挠心。

行舟

▲沈从文故居

白天的凤凰城，最大的感受是，人比夜晚的时候，少了很多。尤其是在清晨，除了三三两两当地起早的人，游客绝迹。我想，一夜的疯狂过后，神鬼也得睡个懒觉了！

庆幸的是，日上三竿之后，蜂拥而至的游人，大都挤在船上、江畔、商铺，而到古宅、旧居、博物馆参观造访的人，却少得可怜。这让我在这些地方的拍摄，相当惬意。不过，在光影迷离的沈从文故居，面对空空荡荡的庭院，静听一街的嘈杂笑闹，隔世一般，在门外流淌而去，我觉得沈老有点寂寞，并陪着这寂寞而兀自伤神……

这种寂寞和伤神，成了我照片的一部分，甚至是我更加喜欢“日凤凰”的理由。所以，从天色蒙蒙亮到浊日西沉，我拍了上千张。

▲沱江之晨

拾柒

弄假成真芙蓉镇

在浑浊的日光下如何拍好风景

▲ 古镇飞瀑

从张家界去往永顺县，行近二百里，便是著名的芙蓉镇了。

查看一下中国地理，叫芙蓉镇的村落不下六七个，比如江西万安芙蓉镇、浙江乐清芙蓉镇、江苏常州芙蓉镇等等。就是在湖南的南部，即湘南，也还有个原名叫作芙蓉镇的地方，即现今的郴州市嘉禾县塘村镇。

贞节坊

而三十年来被人津津乐道的湘西芙蓉镇，原名本叫王村，因了一部电影，摇身一变，成了“芙蓉镇”，俨然正宗的了。从此，湘南的真芙蓉镇也好，其他地方的芙蓉镇也好，渐渐的，俱被遗忘；王村即本来是“冒牌”的芙蓉镇，真事儿一般滋润起来。

▲ 观音阁

20 世纪 80 年代，著名老一代导演谢晋根据古华的同名小说，拍摄了歌颂三中全会、反映历史变迁的故事片《芙蓉镇》。本来，古华是以湘南的塘村镇即真芙蓉镇，为写作地理原形的，但是在拍摄电影时，不知出于何种原因，主要外景地却选在了湘西的王村。

其结果是，古华的真芙蓉镇没多少人记得了，而谢晋的假芙蓉镇却日渐热闹起来。他不仅捧红了（或曰进一步捧红了）主演刘晓庆和姜文，还让王村一夜蹿红，借着“芙蓉镇”的巢，生出旅游经济的蛋来。

这就是文化，特别是电影文化的张力，不服不行。

如今的王村，到处是电影《芙蓉镇》的陈迹。

比如“原片拍摄点”“刘晓庆米豆腐”“正宗刘晓庆米豆腐”“真正刘晓庆米豆腐”“刘晓庆茶楼”“刘晓庆饭店”等等。值得注意的是，米豆腐本是在湘南很出名的地方食品，因为是刘晓庆在电影里干的营生，如今王村借“影”还魂，米豆腐大行其道，而且为谁能拥有“刘晓庆”这一招牌，掐得不亦乐乎。

有趣的是，刘晓庆的名号在王村满天飞，而同是主演的男演员姜文，可就没这么好的待遇了，没见谁拿他的名字来做招牌。如此重女轻男，这在男尊女卑的乡间，可算是商业化、市场化的一道独特风景。

看着满街“刘晓庆”，在弄假成真的芙蓉镇招摇，我替姜文颇为不平。

话又说回来，许多人批评晓庆“各色”，但她对王村的种种“冒牌”“侵权”，却似乎很淡定，没听说她跟镇上的谁谁过不去。也是呢，你那么大个腕儿，跟草民百姓较什么真儿啊？

没人较真儿，而“芙蓉镇”的名字却越叫越真，挣到手中的更是真金真银。王村每天过街的游客和过手的人民币，流水一般，比挂在吊脚楼下的那道地标式瀑布，来得还要浩大汹涌。

摄影一点通：快门1/80秒，光圈f10，焦距38mm。是在半霾半晴的天气条件下拍摄，光线比较浑浊。为了使色彩呈现更为鲜艳，分别采用日光、自动两种白平衡拍摄，结果是，这张自动白平衡的效果更好。在这种阳光浑浊的环境下，拍摄山水等大景观时，自动白平衡似乎对绿、蓝、黑的还原更为准确。采用点测光，在绿树上测光取值，拍摄时通过提高快门速度减少了一级曝光量，并增加了一级对比度。这些调整的结果，增强了白色水花与水潭、树木、建筑的明暗反差，使画面更生动，层次更丰富。

挂在瀑布上的古镇

于是乎，这个因电影而成“芙蓉镇”的王村，真的王道起来，尤其是景点上的原住民，以及铺面上的买卖人，个个都像见过大市面一般，根本不拿正眼夹你，好像《芙蓉镇》电影里的翻天覆地、男欢女爱，全是他们亲身所历。

实话说，我不明白“芙蓉镇人”，有什么可牛的；更不明白对外来人，为何有那么多的不屑和敌意。

不过，抛开人的方面不说，单说历史文化遗存，王村即使不挂上“芙蓉镇”的羊头，也是可以卖出——好肉的。

王村，是个地地道道的土家古村，已有两千年历史，因地处酉水之滨而素有“楚蜀之津”的称谓。王村在秦汉时即已是土王的王都，古称酉阳、溪州，保存了土司府、古吊脚楼、溪州铜柱、五里青石板古街、古祠、古民居等等各种建筑，可谓土家历史文化风情长卷。

特别是王村地理位置极妙，当街是一道峭壁溪流，形成二三十米落差的瀑布，瀑布左手，是古色古香的吊脚楼，右手是高低错落的土司王府，两片建筑，隔水遥相呼应，巍巍乎临渊对立，成人间瑶池之势。

因此，王村又有“挂在瀑布上的古镇”这一称谓，我看，这倒是实至名归。

所以我一直在想，如果没有电影《芙蓉镇》，以王村老祖宗留下的资源，它是一样可以成名、挣钱、风光出彩的。然而，经了“芙蓉镇”，王村自己却似乎找不着北了，应有的“古朴”两个字，如今只剩了个“古”字，勉强撑着。

这不是“芙蓉镇”的错，也不是王村的错，那么是谁的错？难不成又是我？

拾捌

土家看龙“赶”大年

三招破解拍摄中的“两难”

▲土司城龙雕

龙年了。土家族的龙，与惯常的龙有何不同？土家人为什么不“过年”而是“赶年”？

永定土司城在湘西张家界市，又名“土家民俗风情园”，是在原有土寨基础上，修葺扩建而成，占地80余亩，集土家吊脚楼、城寨工事、歌舞、雕刻、耕织、风俗于一体，容纳了实物展示、艺术表演、情景再现等多个项目，堪称土家族历史、文化的浓缩。

土家族是中华民族中一个较大的族群，现有人口800万以上，在我国少数民族中人口排名第六，主要分布于湘、鄂、川、黔毗连的武陵山地区。土家族有自己的语言，但无文字，因受汉文化影响，非常注重教育，也是个人才辈出、为中华文化做出重要贡献的民族。随口说几个人，你一定耳熟能详：中共早期杰出代表赵世炎，教育家赵君陶，妇女运动领袖向警予，前国务院总理李鹏，前全国人大副委员长廖汉生，文化大师级人物黄永玉、沈从文等等。

有朋友或曰：“甭说名人，土家普通人如何？”

▼国泰民安

普通土家百姓我接触不多，好在我的向导和司机是土家族小伙子，在一定程度上代表了土家青年一辈。他俩一个脑筋活络，眼快嘴甜，久经商场且经验丰富，是个挠钱致富的好手；另一个则忠厚老实，言语不多却满脑子大事，有工夫就和我探讨“玛雅末日说”和“生死轮回”等宗教、哲学问题。这俩小伙，已不会说本民族语言，完全汉化了。

这种汉化，或曰民族交融，不仅反映在现实普通人身上，还深刻体现在土家族的文化历史中。比如——龙。

土家族有北支（自称“毕兹卡”）、南支（自称“孟兹”）之分，习俗相近，但语言差异极大，据说不能相通。和土家族相近的民族是苗族，尤其是服饰，初看非常相像，外人几乎看不出差别。在历史上，土家族曾被统治者归入了苗瑶，“土家族”立族以及名称由来，还是新中国成立之后的事。据说 1950 年，全国进行民族统计，一位二十多岁名叫“田心桃”的进京少数民族代表说：“我不是苗族人，我是土家人。”她的话，推进了民族识别工作，此后经过学者深入研究和国务院相关部门缜密工作，土家人才从苗瑶等民族中独立出来而成为土家族。

关于土家族的族脉渊源，学界及民间有多种说法，有的说他们是巴人后裔，还有的说是乌蛮的一部，另有说他们是从江西迁徙而来的工匠，或说是屯边汉人与当地土著通婚的结果等。

我个人认为，最初的土家族，应是古代氐羌的后裔，后来与上述人种不断混合交融，形成了现在意义上的土家族。

土家人崇拜神鬼、自然和祖先，最著名的崇拜物是白虎和神猴，社会转型也比较晚，据学者考证，南北朝至唐代期间，土家人才完成了从原始部落向奴隶制社会的过渡。

在此间及其以后较长的时间中，白虎是土家人至高无尚的崇拜对象，既没有任何有关龙的传说，也看不到任何龙形装饰实物。龙，这个被中国人想象出来的吉祥尊贵之物，起初并没有出现在土家的文化民俗之中。

然而，如今你走进土司城，龙之气象却蔚为大观。牌坊上雕的是龙，台口上装饰的是龙，墙面上浮绘的是龙，就连号称全球最高吊脚楼——土司王九重世袭楼，最出人意料的设计，也是探身楼外十数米的那条白龙。

▲龙出九重天

众所周知，中国人(其实主要是汉人)自称“龙的传人”，龙在汉文化中，占有重要地位，进而形成了皇权的象征，为统治者所独享。毫无疑问，龙在土司城的大量运用，应该是汉土文化交融的结果，并有直接的历史成因。

在我看来，这一成因，应该就是历史上著名的土司制度。

▲ 土城秋韵

土司制度始于五代十国时期，实际上是唐代“羁縻制度”的沿袭与发展，是封建王朝利用土著贵族维护朝廷统治的方略，即所谓“以夷治夷”。这一制度，在宋代得到完善，而在元、明、清初，达到鼎盛。直到清雍正年间实施“改土归流”，存在上千年的土司制度才渐行废止。

土司制度的本质是封建领主制度，土官是其领地的最高统治者，由朝廷任命或认可，官位世袭。土司掌握着领地上的政治、军事、经济、生杀予夺等所有权利，甚至包括妇女的所谓“初夜权”。

如此可以想见，土司领地实际是割据状态的“国中之国”，土司王实际是其领地上的“皇上”。于是，各路土司效法朝廷，大量使用代表皇权的龙作为装饰，也就不足为奇了。朝廷为了笼络人心，维护自己的统治，甚至鼓励土司以龙自尊。所以，崇尚白虎的土家人，自宋至明清，以土司王为代表，开始了对龙的喜爱推崇。

当然，自汉而来的龙，引入土家后也实现了“本土化”，比如，龙和白虎，总是如影随形，相生相伴，龙的外形甚至都有了虎的神韵；再比如，龙既是显示皇权的装饰，又有引水入槽的实用价值，这比起朝廷的龙来，自是高明了许多。

说了龙，再说说土家族的年。

▼ 吊脚楼上

土家的年，和我们所说的年是一个完全相同的节日，而且也是土家人最为隆重的传统节日。每逢年节，家家户户杀猪熏肉，出绿豆粉，煮米酒，打糍粑，蒸猪肉合菜，阖家吃团圆饭。只不过，咱们的年叫“过年”，而土家的年叫“赶年”或“抢年”。“过”“赶”一字之差，见出汉、土文化的不同。

“赶年”和“过年”的最大差异是，土家吃喝最热闹的那一天，不是在腊月三十，而是在腊月二十九，也就是说，土家人的年，是赶在除夕之前的一天过的，所以叫“赶年”或“抢年”。

这一习俗，是如何形成的？我曾就此专门向陪伴我的土家小伙咨询。答案有两个。

一说：明朝嘉靖年间，胡宗宪赴沿海征伐倭寇，初战未胜，只得调集土司兵马驰援。土家骠勇善战，于腊月二十九大犒三军，并于除夕之夜趁敌不备，攻敌得手，倭寇大败。由此土家获得朝廷“东南第一功”的表彰。为纪念先人战功，后人沿袭腊月二十九提前过年的做法，久而久之，遂成土家“赶年”风俗，传延迄今。

另一说：湘西山深林密，匪患凶猛，土匪们经常赶在除夕夜，在人们摊开吃喝，毫无防备之时，冲进山寨抢劫。为了把自己积攒一年的好吃喝吃到自己嘴里，土家人赶在土匪抢年货的前边，即在腊月二十九，抢先把年过了，久之成习。这就是所谓“赶年”的由来。

“犒军说”与“防匪说”，似乎都有道理。总之年也好，龙也好，如同著名并骇人的“巫蛊术”“赶尸术”，使得湘西这个地方和生活在这里的土家人，让我有些着迷。

确实，对龙的崇拜，是土家人受汉文化影响之后的事情，而在此之前，土家人最高的崇拜物，是虎和猿。因此土家人又有“中华虎族”“神猿后裔”之称。

大部分专家认为，现在的土家族是巴人后裔，而巴人在历史上曾被称作“白虎夷”“虎蛮”“虎子”等等，这些称谓，散见于《山海经》《汉书》《蛮书》等典籍，真实可信。

《后汉书·南蛮西南夷传》记云：“廪君死，魂魄化为白虎。巴氏以虎饮人血，遂以人祠焉。”

▲ 袁家寨门饰

所言“廪君”，是古代巴人即土家人的先祖。古代巴人，分为巴、樊、晖、相、郑五姓，起初在武落钟离山（今湖北长阳）一带活动，后来巴氏之子务相被推为五姓之首，尊称廪君，在他的带领下，部落势力日益强大，并在阴阳大战中射杀了另一部落的女酋长盐神，在夷水以东确立了支配地位，开创了所谓“廪君时代”。

廪君死后，他的灵魂化为白虎，为其后人世代祭奉。

上述出自汉人的典籍著作，说明了土家人崇虎的来历，并证明了巴

人和土家人的渊源关系。

不过，在这样的一个训诂链条里，还是有明显破绽的。比如，有学者指出：巴人在上古时期就已步入文明，而根据“毕兹卡人”的口头文学推断，土家族是在南北朝期间才结束原始公社制度的。由此可见，古代巴人和土家族，没有直接的渊源关系，而是两个不同的支派。

我个人以为，这个说法是有一定道理。仅以我们普通人的直观感觉而言，巴人和现今的土家族，也有明显的差异。我们就以崇拜传说而论：

在土家族传说中，突出了对虎的崇拜，但却没有特别的指明崇拜白虎，而廪君的后代，即巴人，却明明白白地说明祭祀的是白虎。再者，在土家族的崇拜物中，除了虎，明确地还有猿，但在有关巴人的崇拜记载中，却没有猿什么事儿。

由此我推断：土家人，应该是古羌人的一个分支，很有可能是和巴人有某种关联的一个分支，他们虽然在一定程度上受到巴人文化的影响，但依然拥有自己独特的民族文化。这当然也包括精神崇拜。

土家人以虎和猿为崇拜物，是人类朴素的自然崇拜的一种表现方式，是历史上动物地理状况的真实反映。由土家人崇尚老虎、猿猴我们可以这样推测，在以张家界、袁家界、杨家界等为核心的武陵山地区，历史上曾是老虎出没、野猿成群的动物乐园，土家人与它们相伴相生，并为虎的勇猛、猿的敏捷而折服。

纺线线

摄影一点通：这张照片的拍摄难度在于，要想虚化旋转的纺车，就要降低快门的速度，但低速拍摄，又可能拍虚人物，因为人也是在动态中的。另外，由于不想使用闪光灯，以避免对现场光色的改变，而现场光照度又较低，这样只能提高感光度，但过高的ISO数值设定，则可能影响画质。在两难之中拍摄，只能权衡利弊，谨慎设定曝光相关数据。具体办法是，一、感光度的设定既要满足弱光拍摄需要，又要保证基本画质要求；二、快门速度要低到足以虚化旋转的纺车，同时又可基本满足定格人物的需要；三、使用三脚架，在人物动态幅度最小的瞬间，按下快门抓拍。最后，本照片的拍摄数据设定为：快门1/15秒，光圈f2.8，感光度ISO3200，焦距38mm。

我的这一推测，在号称“拥有最后一位土家寨主”的袁家寨子，得到了土家民间传说的实证。

袁家寨子，在袁家界风景区内，是在原有土家山寨的基础上，重新修缮改建而成。这个寨子，虽然已经沾染了“旅游景点”的变异之味，但土家原始的民族风情、生活气息，依然像土家米酒一样让人陶醉。顺便提醒看客，要去赶紧去，去晚了，那点可怜兮兮的“土家魂”散失一净，恐怕就只剩下个空壳了。

在袁家寨门口，立有全寨百姓落款的石刻，名曰《虎猿记》，用简短的文字，说明白了土家人为什么崇虎敬猿。

相传远古的时候，土家酋长的妻子身怀六甲。正待分娩之时，部落遭到异族的攻击，战乱中，酋长妻子走散，只身一人躲到深山，产下一子后身亡。这个产在山间的男婴，被一只老虎搭救，以虎奶喂养长大。这个“虎子”，还得到猿猴的照料，给他采果，传他技艺。后来，酋长知道了虎子就是他的亲生儿子，为了夺回儿子，酋长误杀了老虎和猿猴。当他得知真相后，痛悔不已，折箭发誓：土家世世代代，尊虎猿为神，并山以猿名，叫为“猿家界”和“猿家山寨”，以感念神猿对土家后代的养育之恩。

▲媒婆与袁家寨最后一个寨主

毫无疑问，“袁家寨子”和“袁家界”，是现在的人们因“猿”而来的同音字演化。当然了，进到寨子里，了解了土家的历史、文化、风俗，你也就能感受到“猿”“袁”的异同了。

简言之，虎猿还是那个族，只不过，去了部首偏旁，也就没了原始野性的气韵了。

拾玖

广州故事

如何拍摄黑白照片

▲ 夜望"小蛮腰"

广州是我国南方商埠都市的代表，也是岭南文化的中心。但是对于普通游客来说，除了逛街购物，最多加上个"小蛮腰"，似乎也没太多可耍的了。

这也是我去到广州不下三五十次，却很少拍回东西的原因。

然而实际上，这是人们对广州的误解。广州，绝非一些人想象的那样是一片“文化沙漠”，而是一座有着深厚历史底蕴和丰富文化的城市。比如，我今天将向大家介绍的“西关文化”、“骑楼文化”、“沙面文化”和“珠江文化”。

在现代都市的繁华中，这些历史和文化受到标本式的保护，成为广州独特的风景线，这真是中国都市化疯狂进程中的万幸呢。

当然了，对于旅行者来说，不了解这些历史文化，你就等于没到过广州——这说法是不过分的。

由此想到另一个相关话题：旅行摄影，不是到人迹罕至的名山大川才能满载而归；那些隐匿在人来车往之中，让我们唾手可得的事物，也许就凝聚着沉甸甸的历史文化价值呢。

西关大屋

广州市的西关地区，大致范围是荔湾区人民路以西，六二三路以北，荔湾湖以东的区域。历史上曾处在广州城城西太平门外，因而有“西关”之谓。

▼ 西关水系

西关大屋即西关独特的老旧住宅建筑群，是和广州的发展历史有紧密关系的。早在隋唐时期，广州的西部地区就是中外商贾聚居之地，各路商家“列肆而市”，推进了较为自由的市场、贸易制度和服务业的繁荣。后经宋元明几代的发展，本地的南越文化，与江南文化、中原文化、海外文化等相互交融，极大促进了商业开放和城市繁荣，并为巨富豪绅的大量出现创造了条件。西关大屋，就是这一历史背景下的产物。

清朝同治、光绪年间，广州西城置宅用地告罄，有钱人家在太平门外即西关纷纷购置农田，建筑宅邸，使得太平街至泮塘一带，“高档建筑”鳞次栉比，连成一片，形成今日所言西关大屋。

现存西关大屋，大至分为如下几种：一是典型的晚清旧民居，以当地流行的三间两廊为基础，并吸取了苏杭厅堂式布局；二是相对狭小的竹筒屋，常见一开或两开间；三是中西合璧的中、小住宅，屋内布局是中国特色，而外立面是舶来品；四是完全西化的小洋楼，从里到外彻底没有中国味了。

无论是哪种形式，西关大屋多为砖木结构，门阔层高，用材与装潢都很考究，尤其是门廊的设计，特色鲜明，一般都装有角门、木趟栊、硬木大门三重门，这是西关大屋最显著的标志。

我以为，西关大屋所承载的西关文化，是中国南方沿海商业文化的精髓，是中国内陆文化与外来海洋文化冲撞交融的结晶。

广州骑楼

如果你去广州逛街，有一种建筑样式可能是你最常见、也是为你所最爱的。它们夹道而立，由立柱支撑起高大的穹顶，一面开敞，直临街道，另一面是房屋立面，门窗高大，宜为商铺；而穹顶之上，是高低错落的楼宇，为人起居宅住。这种状似长廊、底商高宅的建筑，就是大名鼎鼎的骑楼了。

在骑楼下漫步，既不怕雨淋日晒，又可随时进店购物，还可浏览马路对面街景并呼吸新鲜空气，真的很惬意。

▲广州恩宁路

骑楼出现于20世纪初，并在民国初期迎来了大规模建设高峰，而新中国成立之后，真正像样的骑楼就再没有开建过，老骑楼反倒是拆了不少。

据说，如今广州现存骑楼式建筑，总计尚有36条街道，长度达20公里，主要集中在荔湾区、东山区、越秀区的几条老街上。而我在这里给大家展示的，是荔湾区恩宁路的骑楼与街景。

关于骑楼的源起，流行着两种说法。一是“干栏”说，认为骑楼的鼻祖是古越族人的“干栏”式建筑，适应了岭南地区湿热多雨的气候；二是“洋用”说，认为骑楼是外来文化影响、中西合璧的产物。它们结合原住民建筑特点，融合了罗马柱、哥特式、巴洛克式等西洋建筑风格，使之洋为中用，用来经营铺面、招揽顾客，十分适宜。

从骑楼出现时期和现存实样分析，我更倾向于第二种说法，最起码在廊柱、廊眉等设计处理上，明显地具有“欧陆风情”。

▲西式骑楼

摄影一点通：来自数码相机的黑白照，可以拍摄取得，也可以通过后期制作取得。但我的感受是，拍出来的黑白照，比后期制作的，光感和明暗过渡，感觉会更好些。如果是拍摄黑白照片，可在相机菜单中选择“单色”或“黑白”项，确认后拍摄即可。拍摄方法，与彩色片比较并无多少区别，需特别注意的有：一、许多相机，在黑白项下，还可以选择滤镜效果和色调效果，使影调和基色等更加符合拍摄者的主观创意需求。二、在光比不大，或者是在散射光下，拍摄黑白照片时应提高反差数据。如希望光影柔和些，就少加或不加反差；如希望光影硬朗些，就多加反差，但注意反差级数增加也不能过高，否则光影过渡性细节可能会丢失。三、拍摄黑白照片，测光和曝光更要遵循“白加黑减”的原则，以保障曝光合理。如果后期处理成黑白照，应使用 RAW 格式拍摄，以保证后期调整时的宽容度。无论是黑白照片还是彩色照片，在 JPG 格式下，任何后期的修改，其像素损失都会远远大于 RAW 格式。

沙面岛上

如果大屋和骑楼，还让你觉得不够“欧陆风情”，那么去到沙面岛上，这个“风情”可能会扑面而来的。

▲ 喷泉雕塑

据说，沙面岛是广州旅游最有看头，也是中国大陆最为“欧风荡漾”的地方。

不过，在我看来，沙面的建筑确实“很欧洲很欧洲”，但是它所包含的国耻，作为一个中国人，却是须臾不应忘记的！

▲ 沙面教堂

鸦片战争之后，这里成了英国、法国的租界，是中国领土上的“英法领土”，这一强行割让一直延续到中国人民解放军兵临城下。不错，沙面的确洋味十足，但是，要像某些国人所言“为它的欧陆风情所陶醉”，在我却是万万做不到的。

我可以欣赏它异国的美，却不能释然心中的痛。你可以斥我“国粹主义”或“冥顽不化”，但无论如何，沙面的欧陆风情中，总让我嗅到鸦片的毒味！

沙面岛在广州市区西部，珠江白鹅潭之滨，看见著名的白天鹅宾馆，就到了。

珠江夜色

一个城市，如果有一条江，就有了灵性。

北京没有，所以北京是个缺少灵性的城市，并且它的水资源如此匮乏，我看迁都是早晚的事。

广州有珠江，浩浩汤汤穿城而过；珠江有风景，明明灭灭灯火阑珊。

广州因为珠江，使得“冷漠的商业”也蒙上了一层湿漉漉的温情。这让我因沙面而来的心理上的压抑，也爽爽地好了起来。陪伴我的当地记者站站长沈兄，看到珠江夜色之美，也忍不住动情，说：“我来广州这么多年了，却没在珠江边留过影呢。”

我满足了他的愿望。因为有了人，珠江的夜景似乎又不一样了。

总之，广州是个有江水的城市，也是个有故事的城市。来这里旅游，如果满眼都是高楼大厦、商街酒肆，而看不到她背后的那些故事，真真可惜了啦。

▲珠江灯火

飞花时节 摄于静之湖

贰

拾

尼姑庵里一面缘

山应该怎样拍

粤北行成为“夙愿”，大概出于两个原因。一是我到广东，三十年来不止四五十回，堪称走遍南粤山山水水，但居然未获一次去粤北的机会，这让我愈发对粤北心驰神往；二是丹霞地貌，是我十分喜欢拍摄的景致，而地处粤北的丹霞山，是丹霞地貌命名的由来，我想象着“粤北归来不看丹”的情致，沉湎其中而心有所期。

所以说，赴粤北是我夙愿，并不为过。

此行为时一周，除了丹霞山，还以韶关为中心，去到乳源大峡谷、南华寺等风景名胜。登山入水，好不痛快，直到把两腿走瘸，堪比我在齐鲁大地的“拖杖之旅”。

但我的收获，却不是几张照片可以承载的。

在粤北的城市、乡村，我所接触过的那里的人们，包括导游、司机、宾馆服务员、景点游商、赶集老乡、被抓拍的人物等等，给我留下了极好的印象。可以这样说，这里民风的淳朴、待人的谦和、交流的真率和处事的实在，是在我比较丰富的游历中，并不多遇的。特别是一些人认为广东商风炽烈，而粤北还能保有如此一块人文意义上的“净土”，实在是让人喜出望外。

我自觉不自觉地会拿它与此前刚刚去到的湘西凤凰做比较，强化了云泥之别的感受。

不仅如此，当地的网友，真诚待我，给我做向导和拍摄参谋，搭时、搭钱、搭力，还搭上亲手制作的土特产，着实让人感动。

如果这些还不足以说明粤北人的种种好，我再给你说个比较特别的人物，就是丹霞山锦石岩寺的主持，人称“大师傅”的释法贤大师。

与她的巧遇，使我更加喜欢粤北，也是我把锦石岩寺拿来第一个介绍的原因。

▲ 尼姑庵山门

锦石岩寺，建在去往长老峰半山峭壁之上，已有上千年的历史。就我的观察，它应该属于石窟型寺庙建筑，这和同样著名的山西悬空寺，在修筑的方式方法上，有很大不同。

悬空寺是在悬崖上以长木支撑，建起外挂式危楼，让你走在楼上的时候，不觉心惊胆战；而锦石岩寺，则是在悬崖的中段，凿石成窟，并利用天然洞穴，搭建起庙宇禅房。置身其间，虽有凌空漫步、羽化成仙的妙趣，却无临渊近壑、飘摇欲坠的危惧，这让人无论是在窟寺内徜徉，还是俯视崖下清流漫淌，或是仰看绝壁巍耸峭立，都不会有晕眩的不适。如此，在锦石岩寺审美，来得更为从容不迫。

不过，我在这里的拍摄，并不从容，而是“搂着什么算什么”，在忙乱中完成的。

抵达锦石岩寺牌楼门时，已近黄昏。加上我因日前攀登乳源大峡谷，被那 1368 级“天梯”生生搞残了两腿，行走十分吃力，所以在半山消耗

▲古刹山色

了更多时间。抵达庵里时，尼姑们和上香留宿的妇女们，开始炊厨劳作，准备斋饭了。

我支开三脚架，用相机挽留最后的天光。一位尼姑，从我身边走过，没走出几步，又折返回来，看我拍摄。

如一些朋友所知，我是比较有佛缘的，这次经历亦可佐证。

那尼姑站着不走，观察片刻，忽然主动和我搭讪："阿弥陀佛。这位老师，能不能帮我们拍几张照片啊？"

她约莫三十来岁，个子不高，身材纤瘦，甚至可以用俗家常言的“娇小”来形容。眉清目秀，谈吐优雅，端庄之中，带着一袭掩饰不住的俏丽，与庵内普通尼众比较，有明显不同。

我答师傅好，没有问题，您想让我拍什么？

她说：“我们想出本画册，其他的照片都有了，单单少了斋堂的，如果有可能，您帮我们拍一下吧。”

“您想怎么拍？”我问。

“看着有山洞的感觉，又是斋堂，就好。”

我忙不迭地答应，把镜头转向崖壁下的斋堂。这是个依托天然山洞修起的建筑，确实有些特别。“娇小”的尼姑以一种极有权威的口吻，吩咐入镜的尼姑、妇女走避，并按照我的要求，指挥小尼打开斋堂内的灯。她的口气让我意识到，我身边的这个“娇小”，绝非普通比丘尼，而是很有来头的。

果然不出所料，有妇女小声介绍：“她是我们的大师傅，是锦石岩寺级别最高的。”

我愈发毕恭毕敬，拍得也更认真。无论如何，能为佛家做点儿事情，特别是为尼姑庵做点儿事情，也算是“修禅”之举吧。

转瞬天黑下来，山门“哐啷哐啷”地落了大锁。尼姑说：“真是麻烦您！看天晚了，您用过斋饭再去吧。”

我说：“哪敢烦劳大师，还是山下用餐方便。”

“那，就看茶坐坐？”

“这……是不是麻烦了？”我嘴上客套，内心里还是很想讨口茶吃的。但两下里并未坚持，都没有进入斋堂一坐的意思，于是依然站在崖壁下说话。

看来庵里确实是急需我拍的照片，那尼姑希望我现在就把照片留下，而我没有随身携带读卡器，大师说：“我有，我有。”转身对一个小尼姑言道：“快去拿我的电脑和读卡器来。”那小尼风也似的朝禅房里去，转瞬赶回来，怀里变戏法一般，抱着个大笔记本电脑和一应附件。

▲锦石岩俯瞰

摄影一点通：有人问我："山应该怎样拍？"我的回答是："能平拍，绝不仰拍；能俯拍，绝不平拍。"因为一般而言，人们总是仰望山峰的，能有机会和脚力登上山顶的，通常只有少数。因为少，所以新鲜。故而在山顶俯拍，永远比在山下仰拍更有价值。

我看了看读卡器，和我的存储卡并不匹配，突然又想起我拍摄记录的方式，是 RAW 格式，她们没有相应软件，是无法读取的。于是一五一十说明，告知只能等我下载转换后，再送给她们了。

▲ 古刹丹霞

佛

“娇小”笑起来，笑容宽和而淡雅，说：“好吧，那就真的麻烦老师了。”我递上名片，她也让徒弟拿出她的名片，并在名片上手写了她的 QQ 号码：“您网上传我吧，这样方便些。”

我接过名片，在微弱的天光中，勉强看清了“释法贤”三个字。

“法贤大师，幸会幸会！”我再度合掌鞠躬。

法贤大师看了我的名片，也改称“戴老师”了。

我们一行簇拥着大师，向山门外走，法贤大师说：“你们来对地方了，在丹霞山，如果是想看山体的色彩，再没有比我锦石岩寺更好的去处了。”

我说：“可惜我们来晚了，山色没看够，也没和您聊够啊。”

她朗朗一笑，“也不能说晚啊，如果你们再早些上山，可能还遇不到我呢。这就是缘啊！”

我们一行点头称是，说还是大师看得明白。

她又说：“我也很喜欢拍照呢。戴老师下次再来，不妨住住我们的客房，吃吃我们的斋饭。我们锦石岩寺的风景，一早一晚，真的很棒呢！”

这一席话，说得我心里热乎乎的，要不是身边有人拦着，就真想听法贤大师之言，留下不走了。

山门被重新打开，法贤大师口诵“阿弥陀佛”，一直把我们送到门口。挥手作别，山门又重新“哐啷哐啷”地落下锁来。

踏上下山的石径，才意识到天完全黑了，而黑天里走山路，是多么的困难。

我正有些发愁，陪我上山的当地网友，突然也是变戏法一般，从双肩背里掏出一只手电筒来，照亮我脚下的石阶。她是玩户外的，早就有所准备。

我悬着的心放了下来，开始认真考虑法贤大师的邀请，腿也不那么疼了，步子轻快了许多。

▲禅房之窗

▲本来无一物，何处惹尘埃